Opa, Onkel Hellmut, Castadarrow und ich

Ein Leben mit Verwicklungen

Carla Thompkins

Die Deutsche Nationalbibliothek verzeichnet diese Publikation in der Deutschen Nationalbibliografie; detaillierte bibliografische Daten sind im Internet über http://dnb.d-nb.de abrufbar.

2., verbesserte Auflage | Mai 2024

Reiherbeize 26 · D-14169 Berlin-Zehlendorf

Reihe Biografie, Band 1

Foto S.23: © Bahá'í International Community
Lektorat: Susan Parsia-Parsi
Umschlaggestaltung & Satz: Peter Amsler
Druck und Bindung: Alfred Nordmann Druck

ISBN 978-3-947831-62-3

www.erzaehlverlag.de

Klimaneutral
Druckprodukt
ClimatePartner.com/14701-2102-1004

Opa, Onkel Hellmut, Castadarrow und ich

Ein Leben mit Verwicklungen

Carla Thompkins

Reihe Biografie

Der Erzählverlag

Inhalt

»Was ist herrlicher als Gold?«
– »Das Licht.«
»Was ist erquicklicher als Licht?«
– »Das Gespräch.«

Johann Wolfgang von Goethe
Das Märchen von der Schlange und der schönen Lilie

Einführung

Warum erzähle ich meine Lebensgeschichte?

Wenn ich Geschichten aus meinem Leben erzähle, muss ich mich zuerst selbst fragen: »Wen interessiert es überhaupt, was du erlebt hast?«

Das ist eine sehr wichtige Frage. Deshalb werde ich vor allem darauf eingehen, was andere Menschen interessieren könnte, von mir zu erfahren. Folglich werde ich Fragen meiner Freundinnen Marina, Ulla und Silvia beantworten, Gespräche wiedergeben mit meinem Onkel Hellmut, dem Cousin Tobias und meinem Ehemann Castadarrow. Langjährige Weggefährten wie Ben, Bruder Siegwart, Papa Hermann und mein Chef Mike Tuttlinger kommen ebenso zu Wort.

Mit diesen Gesprächspartnern hatte ich Gedankenaustausche, als in den Jahren 2020 und 2021 eine Pandemie die Welt heimsuchte. Deshalb war ich zu Hause und hatte die bedeutungsvollen Gespräche am Telefon oder über Videochat auf meinem Computer.

Ich werde auch anderen Menschen viele Fragen stellen und dabei nicht chronologisch über meinen Werdegang berichten. Ich möchte mich beschränken, Ereignisse aufzuzeichnen, die mich veränderten und zu meiner Entwicklung beitrugen. Meine Tiere sollen dem Ganzen einen unterhaltsamen Rahmen geben.

Mit meinen Aufzeichnungen möchte ich Menschen ansprechen, die wie ich sehr behütet, aber ohne Eltern und ohne Geschwister aufwuchsen, sich als Außenseiter fühlten, sich nicht trauten, den Mund aufzumachen, nicht lernten zu planen, sich manchmal von Menschen getäuscht fühlten, neue Lebensmittelpunkte suchten, nie richtig Wurzeln schlugen und sich dennoch fast immer glücklich fühlten.

Oft möchte ich einfach nur augenzwinkernd erzählen, was früher ganz anders war als heute. Aber auch, wie ich endlich eine sinnvolle Richtung fand auf meinem Lebensweg, sozusagen mein »höheres« Selbst im Dienst an der Menschheit, und dem »tierischen« Selbst eine angemessene Rolle zuordnen konnte.

Ich möchte Sie einladen, mich auf diesem Lebensweg zu begleiten. Meine Gespräche, Erinnerungen, Gedanken, Erkenntnisse und Lösungen werden sicherlich Fragen aufwerfen. Wenn Sie dann mit Ihrer eigenständigen Suche nach Lösungen beginnen, ist das durchaus beabsichtigt.

Carla Thompkins

Meine Beschützer als Kleinkind

Also, erst einmal vorweg: Es gab immer Tiere in meinem Leben!

Auf meinem einzig existierenden Kinderfoto fotografierte man mich mit einem schwarzen Schäferhund, der auf mich aufpasste. Es gibt keine Babyfotos mit Mutter, Vater oder Großeltern, die in meiner Nähe waren oder mich in ihren Armen hielten. Das sagt schon sehr viel über meine Zeit als Kleinkind. Vater und Mutter hatten keine Zeit, sich um mich zu kümmern.

Ich wurde im Juli 1950 auf einem Bauernhof geboren. Der Hof gehörte meinem Vater. Das Anwesen hatte er vor der Heirat mit meiner Mutter gekauft. Gleich nach der Hochzeit sind die beiden von einem Heidelberger Vorort in die Wesermarsch gezogen. Der Vater hatte keine glückliche Hand im Umgang mit Geld. Er war offenbar umgeben von sogenannten Ratgebern, die einen Anteil von Vaters Vermögen ergattern wollten. So war ich als Baby dem Gezeter der Erwachsenen ausgesetzt, die sich nicht auf gemeinsame Vorgehensweisen einigen konnten, und ich schrie eifrig mit, wie Mami mir später erzählte.

Auch beide Großmütter stritten sich heftig. Der Grund war der Vorname, den ich erhalte sollte. Jede Großmutter wollte, dass ich ihren Vornamen erhielt: Ottilie oder Hermine. Meine Mutter wurde noch nicht einmal nach ihrem Namenswunsch gefragt. Mein Vater beendete den Streit der Frauen, indem er zum Standesamt ging, meine Hausgeburt bekannt gab und den Vornamen »Carla« ins Geburtsregister eintragen ließ.

»Ich habe euch eine neue Carla gegeben«, soll er dann zu Hause gesagt haben. Mein Vater konnte nicht ahnen, dass diese Namengebung für mich später eine große Bürde war. Denn es war auch der Name der Schwester meiner Mutter, die mit siebzehn Jahren während des Zweiten Weltkrieges von einer Fliegerbombe getötet wurde. Mit dem strahlenden Wesen der verstorbenen Tante Carla wurde ich oft verglichen.

Als Kind wurde ich selten mit meinem Namen angesprochen, meistens wurde ich von den Erwachsenen »Spatzi« oder »Spätzchen« genannt. Manchmal aber auch »Goldkind«. Als ich dann älter wurde, deuteten die Menschen auf der Straße oft mit dem Finger auf mich und riefen: »Das ist die kleine Cramm!«

Marina, meine Freundin und eine Hundeliebhaberin, las den Text über meine Babyzeit und fragte mich am Telefon: »Sag mal, Carla, wo bist du eigentlich genau geboren? Du hast das noch gar nicht erwähnt.«

»Ich kam in der Wesermarsch zur Welt. Zu meiner Babyzeit gab es an meinem Geburtsort nur zwei Bauernhöfe. Dieser Ort änderte dann viermal den Namen! Jedes Mal, wenn ich einen neuen Ausweis beantragte, erfuhr ich einen neuen Namens. In meinem augenblicklichen Reisepass steht als Geburtsort ›Nordenham‹. Aber in meiner ersten Geburtsurkunde steht als Geburtsort ›Hof von Tannos Sohn‹. Habe ich damit deine Frage beantwortet, Marina?«

»Ja, schon, aber wenn deine Mutter von Heidelberg mit ihrem Mann in die Wesermarsch gezogen ist – hat es ihr in dieser Einöde gefallen?«

»Meiner Mutter gefiel es dort. Du musst wissen, Marina, nach dem Zweiten Weltkrieg waren die meisten Bauern in der Wesermarsch sehr wohlhabend, so wie mein Vater. Für Essen und Unterhaltung auf dem Hof war immer gesorgt. Meine Mutter hatte damals schon ein eigenes Auto, und im Salon stand ein Flügel. Wie man so schön sagte, sie hatte eine gute Partie gemacht. Sie arbeitete nie im Stall oder in der Küche. Es gab genügend Arbeitskräfte auf dem Gutshof. Die Mutter kümmerte sich um das Gesellschaftliche, wie sie es nannte. Auch das war viel Arbeit für sie. Gemeint waren Gartenpartys, Hauskonzerte oder Einladungen zu Kamingesprächen. Gerne ließ sie sich auch mit ›Gnädige Frau‹ anreden.

Damals machten die Stadtbewohner sich lustig über die Landwirte und behaupteten, die Bauern hätten Perserteppiche in den Ställen liegen. Das war nämlich die Zeit von Tauschgeschäften: Gemüse, Obst, Milch, Butter oder auch ein Tier wurden eingetauscht gegen Tafelsilber oder andere Wertgegenstände.

Dieser Wohlstand war dann aber über Nacht weg.

Wegen schlecht durchdachter Investitionen verlor mein Vater innerhalb von Tagen sein ganzes Vermögen und den Hof. Diese Pleite brachte meinen Großvater in Aktion. Der Vater meiner Mutter arbeitete damals bei der Landeszentralbank in Heidelberg. Als Großvater merkte, dass meine Eltern ihr Leben neu ordnen mussten, sprach er mit ihnen und nahm mich mit in die Wohnung der Großeltern in einem Vorort von Heidelberg.«

»Von der Wesermarsch nach Heidelberg gebracht zu werden, war sicher besser für deine Zukunft. Aber was wurde aus Deinem Beschützer, dem schwarzen Schäferhund?«

»Der Schäferhund Blacky blieb auf dem Hof bei dem neuen Besitzer. Blacky soll aber meinen Opa angeknurrt haben, als der Großvater mich samt Reisegepäck ins Taxi setzte, das uns zum Zug nach Heidelberg brachte. Von nun an hatte ich menschliche Beschützer, meinen Großvater und meinen Onkel Hellmut. Ich erinnere mich gut daran, wie der Opa mich wieder mit Tieren zusammenbrachte. Wann immer es möglich war, setzte er mich auf ein Pferd.

Am Wohnort meines Opas gab es zwei Pferde, und zwar im Schlossgarten von Schwetzingen, dem Heidelberger Vorort. Opi liebte Pferde, denn er war als junger Mann bei der Kavallerie gewesen. Sein Pferd Elsa rettete ihm im Ersten Weltkrieg das Leben, weil es vor einer explodieren Bombe wegsprang. Seit diesem Erlebnis vertraute der Großvater immer dem Instinkt der Tiere und zwang keinem Tier seinen Willen auf. «

Marina unterbrach mich jetzt mit trauriger Stimme: »Carla, wenn ich es richtig verstanden haben, bist du ohne Eltern aufgewachsen. Das finde ich schon hart. Es wäre für mich als Mutter unvorstellbar gewesen, meine Tochter wegzugeben. Ich liebe meine Tochter über alles.«

»Hm, meine Mutter hat mich auch geliebt, aber sie wollte auch meinem Vater zur Seite stehen beim Aufbau einer neuen Existenz. Rückblickend finde ich es am wichtigsten, Bezugspersonen zu haben, die sich mit einem beschäftigen, Zeit mit dem Kind verbringen, es ernst nehmen, zuhören und Fragen beantworten. Das waren – wie ich gleich noch erzählen werde – in meinem Fall Opa, Oma und Onkel. Es kommt ja oft vor, dass Kinder ohne Mutter und Vater aufwachsen. Wichtig ist es, mit verständnisvollen Menschen zu leben und nicht allein auf sich gestellt zu sein als Kind. Für mich war das aufbauender, als bei Mutter und Vater zu bleiben, die damals keine Zeit für mich hatten. Ich wäre bei den Eltern wirklich allein gewesen. Natürlich sagte ich zu Opi aus Versehen auch mal ›Vati‹, aber das war wohl nicht so tragisch.«

Mit der Großfamilie in einer Altbauwohnung leben

In der Spargelstadt Schwetzingen lebte ich jetzt mit den Großeltern in einer Altbauwohnung aus dem 17. Jahrhundert. Schon die Urgroßeltern hatten als junges Ehepaar im Jahr 1870 diese Wohnung mit sechs Zimmern gemietet und dort drei Kinder großgezogen. In der Wohnung mit ihren hohen Stuckdecken lebten in meiner Kindheit vier Generationen zusammen: meine Uroma, meine Großeltern, mein Onkel Hellmut, Freunde von Hellmut und ich.

Zum Glück hatte der Altbau Toilette, Gästedusche und Badezimmer innerhalb der Wohnung und nicht im Treppenhaus wie die anderen Wohnungen in dem Gebäude. Es gab natürlich ein Wohnzimmer, in dem große dunkelbraune Einrichtungsgegenstände standen mit komischen Bezeichnungen wie »Kredenz« und »Buffet«. Dann zwei Gästezimmer und ein »Herrenzimmer« mit Schreibtisch, Bücherschrank und Klavier. Uroma und Onkel hatten ihr eigenes Zimmer. Der Treffpunkt der Familie war die große Wohnküche, wo am Küchentisch immer alle Platz hatten zum Plauschen und Schmausen. Ich war also nie allein, auch nachts nicht, denn mein Kinderbett stand im Schlafzimmer der Großeltern.

Als ich neulich mit Onkel Hellmut über Skype plauderte, wollten wir feststellen, woran wir beide uns noch erinnern konnten. Hellmut fragte mich: »Carla, erinnerst du dich, in welchen Sprachen wir zu Hause redeten?«

»Na klar, Hellmut, es wurde oft Französisch und Englisch gesprochen. Der Opi sprach Hannoveraner Hochdeutsch. Ich sang gerne »Frère Jacques« und »Twinkle, Twinkle Little Star« mit Dir.

»Stimmt, ich erinnere mich auch daran.«

»Omi Hermine und Uromi Lisette sprachen miteinander Französisch, denn Uromas Vorfahren kamen aus der Nähe von Toulouse. Mit allen anderen Familienmitgliedern sprachen die Damen Deutsch.

In Schwetzingen sprachen damals viele Menschen Englisch, weil von den Pfaudler-Werken aus Rochester amerikanische Manager in das Städtchen kamen. Unsere Kleinstadt war nämlich der deutsche Standort der Pfaudler GmbH, die dort schon im Jahr 1950 550 Arbeitsplätze geschaffen hatte.[1]

Elwood Gessinger von Pfaudler und Opi waren Kegelbrüder. Elwoods Frau Mia war mit Omi Hermine befreundet. Die Gessingers sprachen natürlich Englisch mit uns. Mia freute sich unendlich, Kontakt gefunden zu haben. Sie hatte einen Pudel, der immer in ihrem roten Cabriolet saß. Mia nahm Omi, mich und den Pudel oft mit zu einer Spazierfahrt auf den Königstuhl, einer Anhöhe bei Heidelberg. Dort dufte ich als Vierjährige den braven Pudel an der Leine ausführen. Dann gingen wir drei Damen in ein Café auf dem Königstuhl, zum Kuchen essen.

Außerdem, Hellmut, kamen deine Studienfreunde aus Yale zu Besuch. Die meisten wie Onkel Jim blieben viele Monate, brachten Cornflakes, Pulverkaffee und ihre Sprache mit in unser Leben. Also, ich habe zu Hause Französisch, Englisch und Hochdeutsch gehört.«

»Genau, so war das mit den Sprachen, liebes Spätzchen, äh, liebe Carla«, bestätigte mich Hellmut und fragte weiter: »Erinnerst du dich, welcher Sport für mich wichtig war?«

»Tennis natürlich, du bist immer mit Onkel Gottfried verschwunden, wenn er zu Besuch kam. Ihr habt Tennis gespielt auf dem Tennisplatz im ehemaligen kurfürstlichen Marstall, ein paar Hundert Meter von unserer Wohnung entfernt. Der Tennisplatz war ausgelegt mit rotem Sand. Ich schaute euch zu, wie ihr beide wie Balletttänzer mit einem Schläger in der Hand auf dem roten Sand herum sprangt, auf der Jagd nach einem kleinen weißen Ball. Ich hörte, wie Onkel Gottfried dir manchmal zurief: ›Tiefer! Nach vorne!‹ oder so ähnlich. Ich war aber mehr fasziniert von dem roten Sand und baute am Rande des Spielfelds eine kleine Sandburg. Nach dem Tennisspiel gingen wir in ein Café und ihr redetet ununterbrochen.«

»Stimmt, wir hatten immer viel zu besprechen, zum Beispiel welche Glocke Gottfried in Bodenburg erwerben sollte. Die Glocke sollte die verschiedenen Religionen einander näherbringen. Manchmal schüttete Gottfried mir auch sein

Herz aus, weil er sein ganzes Leben lang unter übler Nachrede leiden musste: Unser Onkel Gottfried bewegte sich elegant, sah blendend aus und hatte ein gewinnendes, aber immer bescheidenes Auftreten. Er hielt sich auch an die Familientradition, sich nur mit dem bürgerlichen Namen vorzustellen: Cramm, Gottfried Cramm. In der unglückseligen Hitler-Zeit hielten viele Menschen Gottfried für sexuell ›falsch‹ orientiert, weil er sich beim Tennisspielen wie ein Tänzer bewegte. Da er aber zu den Weltbesten gehörte, wurde er von der Obrigkeit nicht nach dem Paragrafen 175 behandelt. Dieses Gesetz verbot Homosexualität und bestrafte sie mit dem Aufenthalt in einem Konzentrationslager. Gottfried hörte aber oft hinter seinem Rücken die Menschen tuscheln: »Da, guck, ein Hundertfünfundsiebziger!«

Ich selbst hörte einmal, wie Gottfried zu Hellmut sagte: »Hellmut, du fährst wie ein Gott mit deinen Skiern die Berge hinunter, du hast auch die eleganten Bewegungen und das gute Aussehen geerbt. Pass gut auf, dass dir nicht das Gleiche passiert. Ich kann nur sagen, üble Nachrede ist sozialer Mord. Es ist gut, dass du nicht in Deutschland studierst.«

Ich konnte damals schon Scherenschnitte herstellen und habe von Gottfried, Hellmut und Opi einen Scherenschnitt mit einer Kinderschere erstellt, als wir alle zusammen im Herrenzimmer saßen. Onkel Gottfried musste herzlich lachen, als ich es ihm zeigte, und ich sagte: »Meine schönen Männer!« Er antwortete lächelnd: »So eine süße Tochter hätte ich auch gern gehabt« - und strich mir über die Haare.

Mein Gespräch mit Hellmut ging weiter. »Erinnerst du dich, dass unsere Omi sonntags immer mit einem Buch in der Hand verschwand? Sie ging, ohne sich umzudrehen, in das größte Gebäude der Stadt. Als Opi und ich die Großmama abholen wollten, hörte ich, wie in diesem Gebäude, das ihr Kirche nanntet, gesungen wurde. Ich wollte nun auch in diese Kirche zum Singen. Opi erklärte mir, dass ich das noch nicht könnte, weil ich kein eigenes Gesangbuch hätte.«

»Daran erinnere ich mich nicht mehr, da war ich wohl schon in Amerika, aber wie ging das weiter?«

»Kurzerhand nahm ich einen Taschenkalender vom Schreibtisch im Herrenzimmer, versah jede Seite mit unzähligen Schlangenlinien und präsentierte mein ›Gesangbüchlein‹ dem Opi. »So, jetzt habe ich auch ein Kindergesangsbuch und kann in die Kirche gehen!« – Da blieb dem Großvater nichts anderes übrig, als mich in den Kindergottesdienst zu bringen. Das Singen mit den anderen Kindern machte mir großen Spaß.

Diese Aktion brachte wiederum die Omi auf die Idee, dass ich Klavier spielen sollte. Also wurde ich mit vier Jahren zu einer Klavierlehrerin gebracht. Dieser Unterricht war eine Tortur für mich, denn ich musste jeden Tag üben. Aber aufhören kam für die Omi nicht infrage.

Hellmut, lass mich das Thema wechseln. Du hattest doch einen Freund namens Erik. Eines Tages kündigte dein Freund Erik sich zu Besuch an, und ich musste tagelang üben, den Besucher anständig zu begrüßen. Als der junge Herr in das Herrenzimmer trat, machte ich einen Knicks und sagte freudig: ›Guten Tag, Herr Doktor Steinle!‹ Erik war so entzückt, dass er laut und deutlich mir entgegnete: ›Du bist so niedlich, wenn du groß bist, werde ich dich heiraten!‹ Das merkte ich mir.«

»Oh, der Erik, das war doch ein Schlitzohr, aber erzähl mal weiter!«

»Danach musste ich wochenlang das Bett hüten. Es grassierte offensichtlich ein Virus, und mich erwischte es heftig. Ich hatte hohes Fieber, wurde spindeldürr, ein schlimmer Husten quälte mich monatelang. Natürlich musste ich jetzt auch mit dem Klavierspielen aussetzen.

Mehrere Ärzte kamen fast jeden Tag, um mich zu behandeln. Als das Fieber gesunken war, musste ich jeden Tag inhalieren und wurde mit Rotlicht bestrahlt. Um die Behandlungen für mich angenehmer zu machen, sang der Opi mit mir. – Ich hatte immer ›Opi-Time‹, wie man heute sagen würde, und du warst noch nicht zurück aus Yale.

Als ich wieder einigermaßen auf den Füßen stehen konnte, gingen Omi, Opi und ich gemeinsam in den nahe gelegenen Schlossgarten. Wir setzten uns auf eine windgeschützte Bank in die Sonne. Überall roch es nach Flieder. Die Großeltern fanden es ganz wunderbar, dass in diesem riesengroßen Park Baudenkmäler aus verschiedenen Epochen standen wie eine römische Wasserleitung, ein griechischer Tempel, eine chinesische Brücke, eine Moschee und ein Rokokotheater. Schon der vierjährige Mozart besuchte mit seiner Schwester Nannerl diesen Ort. Ob der kleine Wolferl auch schon den Nachtigallen lauschte, so wie ich es zusammen mit den Großeltern tat, ist leider nicht bekannt.

Omi und Opi gingen selten mit mir in das Rokokotheater, aber immer zu den Kutschpferden im Schlossgarten. Ich redete mit den Pferden und gab ihnen getrocknete Brotreste. Wegen der Ansteckungsgefahr durfte ich nicht in den Kindergarten gehen und auch nicht mit den Kindern in der Nachbarschaft spielen. Erst mit sieben Jahren kam ich in die Schule.«

»Hellmut, erinnerst du dich? Als du aus Amerika zurückkamst, hast du dir ein Auto gekauft und mich oft zu kleinen Ausflugsfahrten mitgenommen.«

»Stimmt, das habe ich gern gemacht. Und weißt du noch, wer uns besuchte, als wir von einer Fahrt ins Neckartal zurückkamen?«

»Oh ja, Hellmut. Da saß eine elegant gekleidete Frau im Kamelhaarmantel am Wohnzimmertisch. Ihre lockigen blonden Haare waren aus dem Gesicht gekämmt und roter Lippenstift betonte den wohlgeformten Mund. Sie hatte eng anliegende schwarze Lederhandschuhe an, eine große Lederhandtasche stand neben ihr auf dem Tisch. Sie sprach mit der Omi und bewegte ihre Arme aufgeregt beim Reden. Ich blickte durch die spaltbreit geöffnete Türe und fragte dich: ›Wer ist diese elegante Dame?‹ – ›Das ist doch deine Mutter!‹, hast du mir dann ins Ohr geflüstert.«

»Offenbar ging es wieder bergauf mit den Eltern«, fuhr Hellmut fort. »Es war der Beginn des sogenannten Wirtschaftswunders in Deutschland. Sie hatten angefangen, in einer leer stehenden Halle in Wertheim am Main Textilien herzustellen. Deine Eltern waren in dieser Aufbauphase wieder sehr gefordert und froh, dass die kleine Carla gut bei den Großeltern versorgt war. Es stand überhaupt nicht zu Debatte, dass das Kind nach Wertheim mitgenommen wurde.«

»Vater war auch mal bei den Besuchen dabei«, unterbrach ich den Onkel, »ich schaute aber nicht hoch in sein Gesicht, sondern konnte meinen Blick nicht von seinen extravaganten Schuhen abwenden. Er trug sogenannte Budapester Schuhe in den Farben weiß und braun.«

»Und weißt du noch, wie der Opi gekleidet war?«

»Ja, Hellmut, ganz genau! Er trug immer denselben grauen Wollmantel und einen Hut. Er hatte mehrere Hüte, die er von einem Herrenhutmacher fertigen ließ. Wenn Großvater eine Dame auf der Straße begrüßte, lüpfte er mit der rechten Hand den Hut. Diese Geste war für mich der absolute Ausdruck von Respekt und Reverenz. Ich kenne außer dem Großpapa keinen anderen Mann, der zum Gruß den Hut zog.«

Hellmut stimmte mir zu. »Ich trage auch ab und zu Hüte, aber ich hab es nie hinbekommen, so huldvoll den Hut zum Gruß zu heben, wie es unser Opi konnte.«

Ich redete weiter. »Omi trug außer Haus meistens einen Tellerhut mit einer breiten Krempe, die mit einer Hutnadel festgesteckt wurde. Sie hatte immer ein Kostüm in einen Grauton an und trug niemals Hosen. Im Winter hatte sie einen

Muff umhängen, den ich mir ausleihen durfte, wenn ich kalte Hände hatte. Dabei hatten Omi und Opi sehr wenig zum Anziehen. Ihre Kleidung füllte einen zweitürigen Kleiderschrank.

Und du, Hellmut, hast dein ganzes Leben lang dein Stil beibehalten: Cordhosen, Flanellhemd und Pullover mit V-Ausschnitt. Du hast immer gut gerochen, obwohl es damals keine Herrenparfums gab. Ich hingegen wurde von Kopf bis Fuß bestrickt von Mami und Omi. Ich hatte Strickröcke, handgestrickte Wollstrumpfhosen, viele Pullover, Handschuhe und eine Wollmütze.«

Die Aufgabenverteilung im Haushalt zwischen Omi und Opi war klar und einfach geregelt. Als Opi pensioniert wurde, kochte er das Essen, Omi backte Kuchen, meistens Streusel- oder Käsekuchen. Zwei Mark reichten, um morgens in das Lebensmittelgeschäft in unserem Wohnhaus zu gehen und dort Milch, Brötchen, Butter, Joghurt, Haferflocken und frisches Obst für alle zu kaufen. Ich kannte bei den Großeltern keine Essensvielfalt, aber alles schmeckte sehr lecker, weil immer frische Zutaten verwendet wurden. Mikrowelle und Schnellkochtopf gab es damals noch nicht.

Omi wusch montags die Wäsche, Opi bügelte sie mit mir. Er ging jeden Freitag einkaufen und gab der Omi die Rabattmarken zum Sammeln. Omi spielte mit mir Klavier. Sie strickte, häkelte und stickte auch mit mir, was ich gerne und mit Ausdauer machte – im Gegensatz zum Klavierspielen.

Mir ist auch noch in Erinnerung, dass die Großeltern immer miteinander redeten. Ihre Ehe war nicht arrangiert. Oma und Opa lernten sich bei einer Wanderung kennen und tauschten Adressen aus. Es herrschte mehr als sechzig Ehejahre lang nie Stillschweigen, vor allem bei den täglichen Spaziergängen mit mir reflektierten sie die Ereignisse des Tages oder bestaunten die Veränderungen in der Natur. Ich hörte ihnen gerne zu, stellte aber selten Fragen.

So war ich immer beschäftigt, und es fiel mir nicht auf, dass es kein Fernsehgerät zur Unterhaltung gab. Ich wurde nie vor einem Gerät als elektronischem Erzieher abgesetzt. Na ja, mit einer Einschränkung. Ein Radio und einen Weltempfänger hatten wir schon. Ich hörte jeden Abend um die gleiche Zeit Curt Elwenspoek, den »Gute-Nacht-Lied-Onkel«. Erst dann ging ich ins Bett.

Die Schule und der Ernst des Lebens beginnen

Mein erster Schultag war an einem schwülen Sommertag. Ich wurde vom Großvater in ein großes Gebäude mit vielen Zimmern gebracht. Auf meinem Rücken trug ich einen Schulranzen. Darin waren eine Schiefertafel und ein Griffel. Mein Pausenbrot hatte ich in einer Brottasche. Im Klassenzimmer sah ich nur Mädchen, keine Buben. Der Klassenlehrer schrieb gleich am ersten Tag für 42 Erstklässlerinnen an die Tafel: »Die Kinder sind da.« Wir lasen alle zusammen diesen Satz und sollten dann diesen Satz auf unsere Schiefertafel schreiben, aber noch nicht in die Hilfslinien.

Auf dem Nachhauseweg begegneten dem Opi und mir amerikanische Soldaten in Uniform. Einer von ihnen streckte mir die Zunge heraus, ein anderer machte mir mit seiner Hand eine lange Nase. Ich hatte Angst vor den Soldaten. Sie waren immer so frech und nachts in den Wirtshäusern sehr laut. Opi sagte: »Einfach nicht beachten, lass uns weitergehen.«

Von diesem Tag an dauerte es zwei Jahre, bis ich einigermaßen lesen konnte. Schreiben war eine Katastrophe. Ich war nicht in der Lage, eigene Sätze aufs Papier zu bringen. Dauernd musste ich meinen »Ratzefummel« benutzen, weil ich die Buchstaben verdrehte und die Wörter neu zu schreiben hatte. Es dauerte etwa drei Jahre, bis ich einen Aufsatz von einer halben Seite schreiben konnte. Und das, obwohl Opi jeden Tag geduldig mit mir Hausaufgaben machte. Ohne Opis Hilfe wäre ich überhaupt nicht mitgekommen in der Schule.

Während des Unterrichts war ich ruhig und meldete mich eigentlich nie zu Wort. Dem Klassenlehrer war das wohl recht, weil ich so nicht störte. Ich war, ehrlich gesagt, viel lieber zu Hause.

Vom Großvater wurde ich jeden Tag zur Schule gebracht und wieder abgeholt. Die anderen Kinder schauten manchmal verständnislos, wenn ich die Hand von Opi festhielt.

»Was hast du zu Hause gemacht und was war so schön für dich, wenn du so gerne zu Hause warst?«, fragte mich Hellmuts Sohn Tobias, der sich unserem Skype-Gespräch anschloss.

»Wie du dir vorstellen kannst, Tobias, war in Hellmuts Zimmer eine elektrische Eisenbahn aufgebaut. Ungefähr acht Quadratmeter Spanplatten lagen auf Holzböcken. Ich durfte Berge und Häuser zusammensetzen, unzählige Kabel unter den Spanplatten verlegen. Es machte einen Riesenspaß, wenn drei Züge auf einmal über die Bretter brausten. Natürlich konnte ich auch den Trafo bedienen und die Geschwindigkeit der Züge regulieren. Hellmut schrieb an die Tür »Genius at Work«.

»Das hätte ich mir denken können, dass Hellmut mit dir und der Eisenbahn spielte und nicht mit Puppen!«

»Richtig, ich spielte nicht mit Puppen, aber ich bürstete das Fell eines Teddybären aus dem Yellowstone Park.«

»Wie kamst du denn zu einem Bären aus dem Yellowstone Park?«

»Den hat mir einer von Hellmuts amerikanischen Freunden mitgebracht. Ich nannte seinen Freund ›Onkel Jim‹. Dieser Jim sprach immer nur Englisch mit uns. Als er mir den Bären gab, sagte ich ›Merci!‹. Jim schaute mich verständnislos an. Die Omi korrigierte mich. Du musst zu ihm ›Thank you‹ sagen, zu mir und der Uromi kannst du ›Merci‹ sagen. – Diese Vielfalt der Sprachen war mir manchmal zu viel und in der zweiten Klasse verlor ich, im Gegensatz zu dir Tobias, das Vertrauen in Schule.«

»Warum? Was passierte?«

»Ich lernte mit Opi ein Gedicht von Theodor Storm auswendig.

Die Stadt
Am grauen Strand, am grauen Meer, Und seitab liegt die Stadt
Der Nebel drückt die Dächer schwer, Und durch die Stille braust das Meer
Eintönig um die Stadt.

Beim Aufsagen stieß ich an den spitzen Stein, wie man so schön sagt, und habe nicht ›*Sch*tadt‹ sondern ›Stadt‹ gesagt. Ich wurde prompt von der Deutschlehrerin verbessert. Das konnte ich nicht fassen, dass mein Opi angeblich nicht richtig Deutsch sprach, wo er doch so klar und deutlich redete wie die Nachrichtensprecher im Radio. Ich sprach jedenfalls weiterhin Hochdeutsch, wenn ich etwas gefragt wurde, aber ohne an den spitzen Stein zu stoßen, die anderen Kinder plapperten im örtlichen kurpfälzischen Dialekt. Aber wenn ich etwas auf Englisch sagte, lachten mich die Mitschülerinnen aus.«

Einmal hörte ich einen eigenartigen deutschen Dialekt. Ich schaute durch den leicht geöffneten Türspalt zum Herrenzimmer. Dort saß ein Mann mit einem riesigen geschwungenen weißen Schnurrbart. Der Herr erblickte mich, stand auf, öffnet die Tür vollständig und sagte zu mir: »Kumm, Meedli, setz diech dohin.«

Als ich auf dem Sofa saß, reichte der Herr mir seine Hand zur Begrüßung. »Ech bin de Albert Schweitzer, kannscht Onkel Berti zu mir sage.«

Dann wendete der Gast sich wieder dem Opi und dem Hellmut zu. Opi öffnete die Zigarrenschatulle, Onkel Berti roch an der Zigarre und fragte Hellmut: »Und de Karli«, gemeint war Karl Barth, »raucht de ima noch so stinkäde Zigarettli?« Hellmut nickte.

Ich erinnere mich an folgende Worte, die Onkel Berti an Hellmut richtete, schreibe aber zum besseren Verständnis sie sinngemäß auf Hochdeutsch auf: »Es sind nun schon einige Jahre her, dass du und dein Freund bei mir im Garten in Günsbach gezeltet habt. Du hattest damals so viele Fragen, und ihr habt auf meinem Handklavier gespielt. Das war 1952. Dann gingst du nach Amerika, nach Yale, warst sogar mit Martin Luther King im Gefängnis, weil du so ernsthaft mitmachtest. Habe gehört, sie nannten dich den deutschen Kennedy, was dir hoffentlich nicht zu Kopf gestiegen ist. Dein Theologiestudium hast du dort abgeschlossen und auch brav Medizin daraufgesetzt. Jetzt bist du wieder in der Kurpfalz und hast netterweise den »Albert-Schweitzer-Klub« in Schwetzingen gegründet, um meine Projekte zu unterstützen. Du möchtest deinen Beitrag leisten, Hellmut, damit die Welt eine bessere wird. Ich kann nur sagen, Hellmut, es gibt genug Gründe zu staunen, was Gott alles bewirkt hat.«

Dann machte er eine Pause und fragte weiter: »Hellmut, wenn du redest, kannst du Säle füllen. Warum hast du jetzt keine Arbeitsstelle gefunden?« Hellmuts blaue Augen blitzten, als er antwortete: »Meine amerikanischen Abschlusszeugnisse und die Promotion werden hier nicht anerkannt.«

»Dann geh doch in die Schweiz!«, schlug ihm Onkel Berti vor. »Dort braucht man Leute wie dich.« Und ernst fuhr er fort: »Was auch immer du machen wirst,

Hellmut, denke immer daran, die meisten Menschen ziehen den Wein zurück, wenn Gott ihnen einschenken will! Und auch du, Meedli, denk daran!« Ich wiederholte den Satz: »Die meisten Menschen ziehen den Wein zurück, wenn Gott ihnen einschenken will!«

Mit einem Kuss auf die Backe verabschiedete sich Onkel Berti von uns allen. Er meinte, er wäre jetzt alt und wohl das letzte Mal in Deutschland, aber der Hellmut und das Meedli werden seine Arbeit fortsetzen. Die Bedeutung dieses Besuchs von Albert Schweitzer im August 1959 wurde mir erst viel später bewusst. Natürlich ging ich weiterhin mit den Großeltern in den Schlossgarten. Wir schlenderten fast immer den gleichen Rundweg entlang und hielten jedesmal an der Moschee an, die vor etwa dreihundert Jahren von einem Kurfürsten für seine Geliebte gebaut wurde. Ich konnte mittlerweile die Sätze an den Wänden der Moschee entziffern wie »In den Sommertagen ist der Ameise gleich« und »Einsamkeit ist besser als böse Gesellschaft«. Das beruhigte mich zu lesen. Es kam mir nun normal vor, ohne gleichaltrige Freundinnen zu sein.

Jeden Samstag gingen die Großeltern mit mir zu Fuß auf den Friedhof, um das Grab von Tante Carla zu pflegen. Ich durfte dann in einer Gießkanne Wasser bringen und die Pflanzen auf dem Grab gießen.

»Das hört sich für mich etwas langweilig an. Gab es außer interessanten Besuchern keine Abwechslung?«, fragte Tobias.

»Oh ja, Tobias, in der Schulferien ging es immer zu den Eltern in das idyllisches Städtchen Wertheim. Die Buben und Mädchen in unserer Sackgasse warteten auf mich. Wir spielten mit Vergnügen auf dieser Straße mit Burgblick. Ich fühlte mich dort nicht so sonderbar, wie ich mir manchmal in Schwetzingen vorkam. Denn sonst hätten mich die Wertheimer Freunde nicht abgeholt zum Spielen. Wir spielten mit Murmeln, verstecken, fangen, manchmal auch Prellball. Wir waren immer draußen an der frischen Luft.

Und es gab den Schäferhund Barry. Mami hatte Barry als Hundebaby zu sich genommen und groß gezogen. Er führte mich in Wertheim spazieren, den Main entlang bis zu einer Schleuse und wieder zurück. Barry kannte mich genau, auch wenn ich immer nur für zwei oder drei Wochen da war. Ich hatte wirklich Glück, dass der Hund auf unseren Spaziergängen nie versuchte, einen Hasen oder ein Reh zu jagen, denn dann hätte ich Barry nicht mehr festhalten können, weil er so kräftig war.»

»Habt ihr damals auch heimlich geraucht als Kinder?«

»Nein, Tobias, ganz ehrlich, ich hatte kein Interesse an Alkohol und Zigaretten. Der Opi hatte ein ganz geschicktes Erziehungskunststück mit mir hinbekommen.«

»Wie hat er das hinbekommen, das würde mich sehr interessieren?«

»Großpapa zündete eine Zigarre an, als ich acht Jahre alt war und reichte sie mir. ›Nimm das mal in den Mund, und jetzt zieh die Luft ein! Zieh doch!‹ Das schmeckte mir gar nicht, und ich hustetet nur. Später gab Opi mir ein Glas Schnaps zu trinken. ›Komm, du darfst probieren!‹ Ich nippte am Glas und musste sofort rülpsen und spucken. ›Nie mehr wieder‹, sagte ich mir. Ach ja, ein Schluck Bier gab er mir auch zum Probieren. Jeden Samstag trank die Familie ein Glas Bier zum Abendbrot. Den bitteren Geschmack des Bieres fand ich schrecklich. Ich durfte mir dann aus Zitronensaft eine Limonade machen.

Da fällt mir noch etwas ein, Tobias, was sehr bedeutsam für mich war. Eines Abends hatte ich Angst vor dem Einschlafen. Der Reihe nach kamen Opi, Omi, und Hellmut an mein Bett. Keiner konnte mich beruhigen, auch Hellmut nicht. Als ich dann endlich einschlief, hatte ich einen Traum. Ich sah ein orientalisches Haus und hörte eine beruhigende Stimme zu mir sagen: ›Eines Tages wirst du alles verstehen.‹ – Ab dieser Nacht hatte ich nie mehr Angst.

Nach dem Haus, das ich im Traum sah, habe ich jahrelang Ausschau gehalten, an jedem neuen Ort, wo ich hinkam, suchte ich nach diesem Haus.

Ja, und den Erik habe ich regelmäßig besucht in seinem Redaktionsbüro. Ich saß artig an seinem Schreibtisch. Er thronte mir gegenüber auf einem Chefsessel, schaute mich wohlwollend an und stellte belanglose Fragen nach der Familie. Das war es auch schon. Galant öffnete er dann nach zehn Minuten die Türe, und ich schlendere vergnügt nach Hause in der Vorstellung, mit meinem zukünftigen Mann gesprochen zu haben.

Genau in diesem Moment, als ich wieder einmal Eriks Büro verließ, hielt ein Amerikaner im offenen Auto neben mir an und rief: ›Hey you, come with me!‹ ›Leave me alone‹, konnte ich auf Englisch sagen. Ich sah zum Glück Mia Gessinger in der Ferne laufen und schrie, so laut ich konnte: ›Help me, aunty Mia!‹ Mia drehte sich sofort um, rannte zu mir und schimpfte sehr mit dem Insassen des Wagens.«

Tobias war erstaunt. »Das war wohl damals leider so mit den Besatzungssoldaten, da versteh ich schon, wenn man die Kinder lieber zu Hause ließ. Hattest ihr damals in der Wohnung der Großeltern schon ein Fernsehgerät?«

Wo ist dieses Haus?

»Ich wuchs so wie du ohne Fernseher auf. Einmal wollte Hellmut ›Don Camillound Peppone‹ im Fernsehen anschauen, da haben wir uns bei dem Spargelbauern Sepp im Nachbarort eingeladen. Dieser Bauer war einer der Ersten, der sich einen Fernseher leisten konnte. Unsere Uroma half dem Sepp immer beim Spargelstechen, deshalb war es einfach für uns, dort fernzusehen.«

»Du hast noch gar nichts über die Groß-Omi erzählt.«

»Unsere Uroma war ein Phänomen, Tobias. Sie lief mit neunzig Jahren jeden Tag zu Fuß in der Saison ins Nachbardorf zum Spargelstechen. Das ist ja sehr anstrengend, weil man sich beim Abschneiden des Spargels bücken muss. Dank Uroma wurde in der Saison jeden Tag Spargel für die ganze Familie serviert. Auf ihrem Weg zum Spargelacker kam Uromi an einem Altersheim vorbei. Offensichtlich plauderte sie mit den Bewohnern des Heimes. Einmal machte Groß-Omi folgende Bemerkung: ›Diese alten Leute vom Haus Abendruh sind so langweilig, mit denen will ich nichts zu tun haben.‹

Wie Fernsehen zustande kommt, kapierte die Uromi allerdings nicht mehr. Wenn wir die Tagesschau beim Spargelbauer anschauten, grüßte Uromi immer den Nachrichtensprecher: ›Guten Abend, Herr Köpke!‹ Und zu mir sagte sie: ›Setz dich anständig hin, damit er dir nicht unter den Rock schauen kann!‹ Und wenn ich nicht folgte, pflegte sie zu sagen: ›Goldkind, mach' keine Fisimatenten! Tout de suite on place.‹ Ich lachte nur und versuchte erst gar nicht, ihr Erklärungen aufzudrängen.«

»Welche Musik bevorzugtest du damals, Carla?«

»Im Radio hörte ich Mozart, immer wieder Mozart! Ich schloss die Augen und stellte mir vor, wie der kleine Wolferl mit Schwester und Vater im Schwetzinger Theater musizierte. Ich konnte mich gar nicht satthören an dem symmetrischen, fröhlichen, aber auch majestätischen Wohlklang. Aber es gab noch etwas, was du nicht mehr kennst, Tobias. In der Carl-Theodor-Straße gab es eine Plattenbar. Das war ein Schallplattenladen, in dem eine Theke und Barhockern standen. An jedem Sitzplatz war ein Telefonhörer. Du konntest dir Platten über den Telefonhörer anhören. Der Hit war damals ›Marina‹, gesungen von Rocco Granata, und ›La Paloma‹ von Freddy Quinn.«

»An diese Schlager kann ich mich nur sehr dunkel erinnern. – Das war jedenfalls ein sehr interessantes Gespräch mit dir, liebe Cousine, jetzt habe ich auch einiges über Hellmut erfahren, was ich noch nicht in Details wusste. Carla, du solltest die Geschichte unserer Familie wirklich zu Papier bringen!«

Ab ins Gummi-Nasium

So sprach ich das Wort der neuen Schule aus, wohin ich nach der vierten Klasse wechselte. Hellmut hatte für mich eine schwerwiegende Entscheidung getroffen:

»Du fängst mit Latein an, dann lernst du denken!«

Er musste mir übersetzen, was am Eingang der neuen Schule stand: »Non scholae sed vitae discimus« – »Nicht für die Schule, sondern für das Leben lernen wir.« Hm, das erweckte in mir große Erwartungen, jetzt etwas für das Leben zu lernen. Ich stellte mir vor, dass ich unter anderem lernen könnte, Gummi zu kleben, wenn der Fahrradreifen Luft verlor.

Etwas Gutes hatte es aber für mich doch, auf ein Gymnasium zu gehen. Ich hatte endlich einen Grund gefunden, um mit dem Klavierspielen aufzuhören: »Ich muss jetzt für das Gummi-Nasium lernen, das ist wichtiger als Klavier spielen.«

Dann heiratete Erik – aber nicht mich! Er wollte wohl nicht warten, bis ich ins heiratsfähige Alter kam. Was für eine Enttäuschung. Ich heulte, aber erzählte keinem, warum. Es fragte mich aber auch niemand in der Schule, warum ich weinte, niemand beachtete meine Traurigkeit.

Dann brachte Hellmut, kurz nachdem ich auf das Gymnasium gewechselt war, die liebenswerte Tante Siglind mit nach Hause.

Ich hatte Tante Siglind sofort lieb. Sie stellte mir Fragen, hörte zu und hatte sehr warmherzige Worte für mich wie: »O, du musst wohl arge Schmerzen gehabt haben, als der Husten dich monatelang quälte.«

Hellmut heiratete Siglind und nahm eine neue Arbeit an, in Rhode Island. Die beiden flogen gleich nach ihrer Hochzeit nach Amerika. Ich konnte Hellmuts

Zimmer übernehmen mit der Eisenbahn und den vielen Büchern, hatte aber Onkel und Tante nicht mehr als Gesprächspartner zur Verfügung.

In der Schule saß ich neben einem ganz lieben und sanften Mädchen, das Sieglinde hieß und mich mit ihrem freundlichen Wesen sehr an meine neue Tante Siglind erinnerte.

Da Sieglinde ein schwaches Herz hatte, durfte sie nicht mit den Mitschülern stürmisch herumtollen. Im Turnunterricht fasste ich das kleine Mädchen immer an die Hand, wenn wir über eine Matte springen mussten. Eines Tages kam Sieglinde nicht mehr in die Schule. Sie war im Alter von elf Jahren eingeschlafen und nicht mehr aufgewacht.

Über ihren Tod wurde in der Schule nicht gesprochen. Ich war sehr traurig, aber im Unterricht gingen die Lehrer zur Tagesordnung über.

Ich wurde kommentarlos neben ein anderes Mädchen namens Ulla gesetzt. Ulla und ich wurden Freundinnen und blieben die ganze Schulzeit bis zum Abitur nebeneinander sitzen.

Das Lernen fiel mir weiterhin schwer, Großvater half mir in Mathematik, aber mit Latein musste er passen. Weil Hellmut mir von Amerika aus nicht helfen konnte, wurde ein Nachhilfelehrer engagiert. Meine Familie war schon zufrieden, wenn ich die Noten »ausreichend« oder »befriedigend« nach Hause brachte.

Mit der Rechtschreibung wurde es erst besser, als ich anfing, die Abenteuerbücher von Karl May zu lesen.

Als ich dreizehn Jahre alt war, passierten wieder wichtige Dinge in meinem Leben. Ich war mittlerweile sehr hoch aufgeschossenen, eben ein »Schwetzinger Spargel« und konnte bereits ein Jackett von Tante Carla tragen. Aber das Jackett zu tragen, bedeutete noch lange nicht, in ihre Fußstapfen treten zu können.

Carla konnte mit dreizehn Jahren Klavier und Akkordeon spielen. Sie sang mit anderen Kindern, begleitete einen Chor auf dem Akkordeon und brachte gute Laune in ihre Gruppe. Ich hingegen konnte noch nicht mal Klavier spielen und schon gar nicht andere Kinder unterhalten. Ich liebte es, bei offenem Schulfenster dem Rieseln des Mairegens zuzuhören, ruhig zu sein und den Duft der alten Lindenbäume tief einzuatmen. Carla war lebhaft, sprang im Schwimmbad mit Opi von einem Zehn-Meter-Turm ins Wasser. Ich hingegen konnte zwar schwimmen, sprang aber gerade mal vom Ein-Meter-Brett. Tante Carla wurde zweifellos von Omi und Opi sehr geliebt. Sie scheute sich vor keiner Arbeit. Gerne half sie in der Spargelzeit in einer Hotelküche und brachte die Frauen beim Spargelschälen zum Lachen. Ich kann mich nicht erinnern, Menschen in meiner Kindheit und Jugend zum Lachen gebracht zu haben.

Während des Zweiten Weltkrieges begleitete Carla Kinder nach Straßburg. 1944 wurde sie während eines Fliegerangriffs von einer Bombe getroffen. Opi war zwar in der Lage, seine schwer verletzte Tochter in das heimatliche Krankenhaus nach Schwetzingen zu bringen. Sie hatte aber so schwere Verbrennungen, dass sie vierzehn Tage lang ununterbrochen schrie – bis zu ihrem Tod. Man hörte ihre Schmerzensschreie bis auf die Straße. Es gab kein Betäubungsmittel, das man ihr gegen die Schmerzen hätte geben können.

Ich fragte mich oft, warum Tante Carla so leiden musste, bevor sie starb. Das konnte kein gerechter Gott sein, oder es gibt Gott gar nicht, denn sonst hätte er Tante Carlas Leid und ihren unvorstellbaren Schmerz nicht zugelassen. So dachte ich damals.

Ich habe bis heute noch keine zufriedenstellende Antwort auf diese Frage gefunden.

Als ich diese Zeilen schrieb, bekam ich einen Anruf von meiner Schulfreundin Ulla. Ich war so froh, dass ich mit ihr über das Vergangene reden konnte. Als erstes fragte ich aber, ob sie auch eine Einladung zum Klassentreffen erhalten hatte. Ulla sprudelte los: »Ja, und wir sollen von unserer Schulzeit erzählen. Etwas, was die früheren Mitschüler noch nicht wissen oder nicht mitbekommen haben.«

Ich unterbrach sie. »Ulla, mir rattern die ganze Zeit die Gedanken durch den Kopf. Was könnte unsere früheren Mitschüler interessieren? Sind damit Ereignisse während der Schulzeit gemeint, die mich sehr geprägt haben, von denen die anderen aber nichts mitbekommen haben?«

»Ja, so in etwa.«

»Was hältst du davon, wenn ich erzähle, dass ich mit dreizehn Jahren den Koran in den Religionsunterricht mitbrachte, weil ich den Lehrer veräppeln wollte?«

»Ach, das war doch so ein komischer Lehrer, hat sich immer so unverständlich ausgedrückt. Wie war das noch mal mit dem Koran?«

»Dieser Lehrer fing immer mit einem Ratespiel an. Jemand las einen Abschnitt aus der Bibel vor, und die Mitschüler sollten dann suchen, wo diese Schriftstelle in der Bibel steht. Wenn niemand die vorgelesene Textstelle fand, bekam der Vorleser einen Punkt. Wir hatten fünf Minuten Zeit für die Suche.

Mein Onkel Hellmut hatte einen Koran in meinem Zimmer gelassen. Ich las aus der zweiten Sure vor. »Dies ist ein vollkommenes Buch; es gibt keinen Zweifel daran, es ist eine Richtschnur für die Rechtschaffenen, die an das Ungesehene glauben und das Gebet verrichten. Und die an das glauben, was dir offenbart worden, und an das, was vor dir offenbart ward, und fest auf das bauen, was kommen wird.«

Der Religionslehrer merkte nicht, dass ich nicht aus der Bibel vorlas. Er sagte nur nach fünf Minuten: ›Schön, Carla, du bekommst einen Punkt, weiter so!‹ Das gab mir sehr zu denken.«

»Hm, eher nicht, Carla, nee, das interessiert doch keinen, ist auch zu politisch. Kannst du nicht was anderes von dir erzählen?«

»Dann könnte ich davon erzählen: Als ich dreizehn Jahre alt war, wurde die Fabrik meiner Eltern verpachtet. Sie machten keinen großen Gewinn mehr mit der Hemdennäherei, und der Vater wollte nicht expandieren. Da kein Sohn da war, wollten sie nur noch von der Pacht leben. Und mir trauten sie nicht zu, dass ich die Fabrik später einmal leiten könnte. Aber das durfte ich niemandem erzählen, nicht in Wertheim, nicht in der Schule, nicht den Verwandten, auch dir nicht, Ulla. Nach außen hin wurde der Schein gewahrt – Kleider für die Mutter bei der Schneiderin nähen lassen, in Urlaub fahren in noble Kurorte, zu den Salzburger Festspielen gehen und sich mit den Freundinnen im Café treffen zum Damenkränzchen.«

Ulla unterbrach mich. »Das ist es! Das erzählst du beim Klassentreffen!«

»Mich machte das aber zum wortkargen Teenager. Ich wusste nicht, worüber ich mit den anderen reden sollte. Nur mit dir habe ich mich unterhalten, Ulla, oder von dir Hausaufgaben abgeschrieben... Hinter der Fabrik hatte meine Mutter jedenfalls einen Tennisplatz anlegen lassen, wo sie mir beibrachte, mit dem Tennisschläger umzugehen. Sie konnte diesen Platz auch nach der Verpachtung weiter benutzen, mir war aber der Schläger viel zu schwer. Also brachte Mama mir erst bei, Federball zu spielen. Als meine dünnen Arme etwas kräftiger wurden, wechselte sie zu dem Tennisschläger. Es war mir schon klar, dass die Tennisbegeisterung meiner Mutter mit Onkel Gottfried zu tun hatte. Und weißt du noch? Wir wurden ja auch in die Tanzstunde geschickt, und da gab es bei mir einen sogenannten ›Mittelball‹. Mich fragte der beste Tänzer aus dem Tanzkurs, ob er mich am Sonntagnachmittag abholen dürfe.

»Und?«, fragte Ulla.

»Wir fuhren mit der Straßenbahn nach Heidelberg. Ich habe die ganze Zeit kein einziges Wort herausgebracht. Natürlich hat er dann mit einem anderen Mädchen den Abschlussball gemacht. Wenn ich dich nicht gehabt hätte, Ulla, dann hätte ich wohl aufgehört mit dem Gymnasium. Die Schule war eine Qual für mich. Latein lernen, Mathe lernen, lernen und wiederkäuen. Das Französische war ganz anders, als Uroma und Omi sprachen, auch das Englisch von Hellmuts Freunden hatte ich anders in Erinnerung.«

Ulla ging darauf nicht ein. Stattdessen fragte sie mich: »Was war dein Lieblingsfach, das war doch Bildende Kunst, nicht wahr?«

»Ganz eindeutig Kunst. Ich liebte es, Bilder zu malen. Ich vertiefte mich beim Malen so sehr in das Thema, sodass ich, wenn ich zum Beispiel ein Regenbild mit Tuschefeder zeichnete, für einen Moment lang nicht wusste, ob es draußen regnete oder nur auf meinem Bild. Meine Lieblingsfarbe war Türkis. Es war das einzige Fach außer Religion, in dem jedes Jahr die Note ›sehr gut‹ im Zeugnis stand.

Erinnerst du dich, es gab damals einen Plakatwettbewerb für die deutschen Leichtathletik-Meisterschaften in Schwetzingen. Mein Plakat bekam den ersten Preis, ich bekam einen Scheck von fünfhundert Mark. Das war damals viel Geld.«

»Was hast du mit dem Geld gemacht?«

»Ich habe mir die vollständige Werkausgabe von Goethe gekauft, 36 Bände!«

»Stimmt, ich hielt dich damals für ein bisschen abgehoben, als diese Bücher plötzlich in deinem Zimmer standen.«

»Und du, Ulla, bist damals zum Bahnhof gerannt, als der Zug mit den Beatles über Schwetzingen in Richtung Mannheim fuhr. Du warst hin und weg, dass Paul McCartney im Schlafanzug dir am Fenster winkte.«

»Yeah! Das waren noch Zeiten. Das war ein richtiger Umbruch, und ich meine, mit der Musik fing es an. Die Beatles krempelten in den Sechzigern die Welt um. Männer fingen an, lange Haare zu tragen, man tanzte nach neuen Rhythmen, berauschte sich an der Musik in Stadien, trug legere Kleidung – Mochtest du die Beatles auch, Carla?«

»Ja schon, ich hatte ihre Musik auf einem Tonband. Aber ich wäre nicht in ein Stadion gegangen, weil ich mich wohl geniert hätte, mich so zu verhalten wie die Beatles-Fans. Aber es kann auch sein, dass Omi oder die Mutter mir keine Eintrittskarten gekauft hätten, weil Omi diese Musik ›dekadent‹ fand.«

»Jetzt mal was ganz Banales, Carla. Du hattest über Jahre hinweg immer einen guten Kleidungsstil. Du trugst einen beigen Trägerrock mit Poloshirts, Pullovern oder Blusen darunter. Wenn es kühler war, einen passenden Blazer. Das sah nie langweilig aus.«

»Es hat so jedenfalls niemand gelacht, wenn ich eine Rechenaufgabe an der Tafel ausrechnen musste. Mit dem Trägerrock konnte nichts verrutschen, wenn ich den Arm hochhob zum Schreiben.«

»Durftest du deine Kleidung selbst wählen?«

»Ja, schon. Wir haben doch damals immer nur Röcke und Kleider getragen. Meine erste Hose kaufte ich noch mit Opa zusammen. Er wählte sie in einem Kaufhaus in Heidelberg aus. Das war eine graue Schlaghose. Zu Hause ernteten wir das große Missfallen der Großmutter. ›Wie kannst du nur dem Mädchen so eine Hose kaufen!‹, schimpfte die Omi. Ich durfte die Hose aber letzten Endes doch anziehen. Später wurde der Minirock aktuell. Hier sprang meine Mutter ein. Sie suchte mit mir in den Ferien in Wertheim einen Rock aus, der kurz über den Knien endete.«

»Ich hab's, Carla! Ein Slogan für deine Jugendzeit: ›Du warst immer gut behütet, ohne je Hut zu tragen!‹«

Über Ullas Bonmot mussten wir beiden lachen. »Na warte Ulla, meine Hutphasen kommen später noch! Hab ich dir nie Fotos mit Hut von mir geschickt?«

Neue Wege gehen

»Carla, du hast vorhin gesagt, dass du in Religion immer sehr gut warst, warum bist du dann eigentlich nach der Konfirmation aus dem Religionsunterricht ausgetreten?«

»Die ehrlichste Antwort, Ulla, die ich dir geben kann, ist die – ich bekam das erste Mal in meiner Schulzeit Aufmerksamkeit. Vorher fühlte ich mich von niemandem beachtet. Nun war ich die erste von zwei Tausend Schülern an diesem Gymnasium, die aus dem Religionsunterricht austrat. Ich genoss die Blicke der Mitschüler, wenn ich quer durch die Aula meinen Weg in die Bibliothek nahm, während die anderen im Klassenzimmer zum Religionsunterricht bleiben mussten. Der Direktor zitierte mich zwar zur Rechtfertigung in sein Büro. Er wollte mir klar machen, dass ein Kennzeichen der Religion Opferbereitschaft sei, und ich das Opfer bringen solle, im Religionsunterricht zu bleiben. Ich hingegen erklärte ihm, dass Religionsunterricht die Aufgabe habe, Informationen zu vermitteln. Ich war der Meinung, umfassend genug informiert worden zu sein, und ich mich künftig selbstständig auf die Suche nach Wissen begeben könne. Ich war selbst überrascht, dass ich mich so präzise ausdrücken konnte – und dem Oberstudiendirektor schließlich die Argumente ausgingen.

Von nun an konnte ich die Schülerbibliothek benutzen, machte dort allein Hausaufgaben und entdeckte ein Buch von Karl Jaspers.[2] Das interessierte mich, denn Hellmut erwähnte einmal das ›Jasperletheater‹ an der Universität in Basel. Ich erwartete, eine Komödie zu lesen, aber Jaspers Ideen über die Weltreligionen gingen weit über meinen Horizont. Ich stellte das Buch wieder zurück ins Regal.

Noch schlimmer war ein anderes Buch von Martin Heidegger.[3] Ich las, dass beim Menschen und seinem Dasein es um dasjenige Seiende ginge, das durch das Selbst bestimmt sei. Da Menschen sich zum Sein in fragender Form verhalten, sei die Seinsart des Menschseins das sich in Frage stellende Selbstsein, ergänzt durch das Hiersein, Sosein und Anderssein. Ich fühlte mich regelrecht veralbert, als ich das las. Dann holte ich doch lieber die ›Bravo‹ aus der Schultasche. Ich war ja alleine in dem Raum.

Ich kann nur sagen, ich habe von meiner Familie nie gewisse Verhaltensanweisungen bekommen, einzig die ›Bravo‹ erklärte, was wichtig und richtig sei. Die Information über angemessenes und moralisches Verhalten fand ich allein und in eindeutigen Worten in dieser Jugendzeitschrift.«

»Was meinst du genau damit?«, fragte Ulla.

»Ulla, damals stand in der ›Bravo‹, ein Mädchen solle einen Jungen erst küssen, wenn es den Jungen gut kennt, mit dem Jungen Händchen halten sei auch in Ordnung, aber nicht mit ihm ins Bett gehen. Wenn beide sich ihrer Gefühle sicher seien, sollten Junge und Mädchen ihre Verlobung und Heirat planen, denn erst die Ehe sei der richtige Ort für Intimitäten. In dieser Deutlichkeit habe ich das damals nirgendwo gelesen oder gehört. Auch nicht von den Großeltern oder der Mutter. Von den Lehrern des Gymnasiums fand ich mich als Teenager fehlgeleitet. Eine Deutschlehrerin schlug vor, das ›Dekameron‹ zu lesen. Ich tat es und fand die Geschichten aus dem Mittelalter abstoßend.«

»Du hast recht, Carla, wir wurden damals so erzogen. Aber hatte der Umgang mit Tieren nicht auch dazu geführt, dass du ein ruhiger und zurückgezogener Teenager warst?«

»Ich weiß nicht, ob das auch ein Grund war. Ich liebte die Spaziergänge mit Barry während der Schulferien, der mich sofort erkannte und zu mir rannte. Von den Spaziergängen kam ich immer gut gelaunt zurück. Manchmal suchte ich mit Barry zusammen nach orientalischen Gebäuden in Wertheim. Vom Burgturm aus hatten der Hund und ich einen guten Rundblick. Das Haus aus meinem Traum entdeckte ich aber nicht.

Irgendwann hörte Barry damit auf, mich durch die Gegend zu ziehen. Er lief nur noch sehr langsam die Waldwege entlang. Der Tierarzt stelle Knochenkrebs fest. Barry wurde eingeschläfert. Danach war ich wieder sehr traurig. Nach Barry wollte ich keinen Hund mehr haben.

Vielleicht waren wir als Jugendliche deshalb so schüchtern, weil du und ich nichts anderes kannten als das Familienleben und wir uns außerhalb der Familie unsicher fühlten. Jedenfalls wurde meine Unsicherheit noch vergrößert durch eine Bemerkung unserer Englischlehrerin. Ihr fiel auf, dass ich viele Texte auswendig aufsagen konnte. Sie meinte: ›Auswendig lernen zu können, ist ein Kennzeichen von Hilfsschülern. Du solltest mal überdenken, ob du hier an der richtigen Schule bist.‹ Ich fühlte mich, als ob mir jemand mit der Faust in den Magen gehauen hätte. Zu Hause teilte ich meinem Großvater mit, was mir in der Schule gesagt wurde. Am darauffolgenden Tag ging er mit mir ins Gymnasium und ließ die Lehrerin ins Besprechungszimmer kommen.

›Wenn Sie das noch einmal zu meiner Enkeltochter oder zu irgendeinem anderen jungen Menschen sagen‹, sprach er mit fester Stimme, ›verständige ich Ihre vorgesetzte Dienststelle. Es gibt keine Fakten, welche Ihre Behauptung belegen. Carla ist ein ruhiges Mädchen und keine Schwätzerin. Sie hatte immer durchschnittlich gute Noten, nie eine Klasse wiederholt und ihre Versetzung war zu keinem Zeitpunkt gefährdet. Außerdem heißt das jetzt Sonderschule, Frau Stupidienrat.‹ – Das war mein Großvater, der wahre Held in der Familie. Er konnte Ungerechtigkeit nicht akzeptieren. Er setzte sich bis ins hohe Alter für schwache und benachteiligte Menschen ein, sprach immer klar und ruhig mit einer Prise Humor. Von da an hackte diese Lehrerin jedenfalls nicht mehr auf mir herum. Ich wählte Englisch als Leistungsfach aber auch ab.«

»Ich konnte das Getue dieser Frau auch nicht leiden, deshalb habe ich Englisch so wie du auch abgewählt. Ich erinnere mich gut an deinen Großvater, ich habe ihn als einen würdevollen älteren Herrn in Erinnerung, den ich immer sehr respektierte. Er war für sein angemessenes, korrektes und selbstloses Handeln in Schwetzingen bekannt.«

»Schön, Ulla, das von dir zu hören.«

»Mit meiner jetzigen Lebenserfahrung muss ich dir aber sagen, das es gar nichts ausmachte, ruhig zu sein, keine Geschwister zu haben, wenig Freundinnen und Freunde zu haben und nicht herumzualbern wie andere Teenies, um beliebt zu sein. In wichtigen Situationen hast du das Richtige gesagt. Aus dir ist etwas geworden, hat nur ein bisschen länger gedauert als bei anderen.«

»Ulla, wir mussten aber viel herunterschlucken, wie zum Beispiel die Bemerkung des Französisch-Lehrers über deine ›gebärfähigen Hüften‹. Heute können sich Lehrer solche Bemerkungen nicht mehr erlauben. Damals waren die Lehrer Alleinunterhalter. Wir mussten nur zuhören und Klassenarbeiten schreiben.«

Mütter arrangieren Rendezvous

»Ulla, du und ich hatten damals im Gymnasium keine Jungs als Schulfreunde, und unsere Rendezvous, wie es damals hieß, waren arrangiert. Die Tanzpartner für den Abschlussball wurden von unseren Müttern vermittelt. Wir haben uns als Teenager auch nicht dagegen aufgelehnt. Mein Leben wurde von den Erwachsenen geplant, wir haben eigentlich nie gelernt, selbst zu planen, meistens wurden Entscheidungen von meiner Mutter in Absprache mit den Großeltern getroffen, wie zum Beispiel das Zusammenkommen mit dem Fotografen.«

»Carla, meinst den Tommy, den Star- und Modefotografen?«

»Ja, Tommy fragte meinen Großvater, ob er mich fotografieren dürfe. Ich ging in sein Atelier, wurde zwei Stunden lang geschminkt und frisiert. Danach erkannte ich mich nicht im Spiegel. – Ich ging kein zweites Mal in das Atelier, denn ich hatte keine Geduld für die Malerei im Gesicht. Fotograf Tommy sagte mir eine große Karriere als Fotomodell voraus. Er meinte, ich würde genauso aussehen wie Jane Shrimpton, ein damals bekanntes und gut bezahltes Modell. Ich behielt noch nicht mal die Fotos, die ich bekam. Ich schenkte sie dem Jojo, meinem Freund.

Noch ein anderes Beispiel: Meine Mutter stellte in den Sommerferien in Frankreich neue Bekanntschaften her. Sie brachte mich mit einem Paar zusammen, das im gleichen Hotel wie wir logierte. Eigentlich aus einen ganz vernünftigen Grund, damit ich mit dem Paar Konversation auf Französisch führen konnte. Ich liebte es ja so sehr, Französisch zu sprechen.

Dann lockte mich der Mann unter einem Vorwand in sein Zimmer, um sich mit mir zu amüsieren. Die Konversation bestand aus folgendem Dialog:

»Vous êtes un vaurien, vous êtes fiancé!«

»Et tu es trop sérieuse, Carla!«

Das hat dieser Mann wohl sehr richtig gesehen: Ich war sehr ernsthaft, für viele zu ernsthaft.

»Carla, ich vermute, mit dem Jojo bist du auch verkuppelt worden.«

»So war es. Er war mein früherer Nachhilfelehrer in Latein und saß eines Tages in einer Offiziersuniform mit den Großeltern im Herrenzimmer. Opa war sehr beeindruckt von der Gesprächigkeit des groß gewachsenen jungen Mannes. – Von nun an wurde mir erlaubt, an Samstagabenden mit Jojo nach Heidelberg in die Diskothek zu fahren. Wenn er mich zu Hause besuchte, saßen wir uns in meinem Zimmer auf separaten Sesseln gegenüber. Er unterhielt mich, machte Witze, sprach viel über sein Studium, Biologie und Chemie. Mir kam dabei der Gedanke, wie man bloß sein Herz in Heidelberg verlieren könne. Ich behielt das aber für mich.«

»Und warum wolltest du Lehrerin werden? Wir haben doch beide sehr gelitten unter der Arroganz der Lehrer, unter der Paukerei?«

»Eigentlich, weil ich es besser machen wollte, als diese ›Pauker‹ in unserem Gymnasium, weil ich Freude vermitteln wollte beim Malen oder Sprechen einer anderen Sprache.«

»Carla, du bist neun Jahre lang in die Lateinklasse gegangen. Hast du dadurch gelernt, zu denken, so wie dein Onkel es für dich wünschte?«

»Ich habe gelernt, zu pauken und Regeln anzuwenden, und zugleich, dass es so viele Regeln wie Ausnahmen gibt. Latein hat mir geholfen, Französisch, Italienisch, Spanisch und Englisch besser zu verstehen. Aber gelernt zu denken, zu reflektieren, ganz klar: ein Nein, mir hat das nicht geholfen. Es gibt ein paar coole Sätze auf Latein, die mir im Gedächtnis blieben. Ich merkte mir einen Satz, der irgendwann eine Art Leitsatz für mich wurde: ›Quidquid agis, prudenter agas et respire finem‹, was bedeutet: Was immer man auch tut, man soll mit Klugheit agieren und auf das Ende sehen.«

»Carla, ich habe eine letzte Frage an dich, ich habe mich immer gefragt, was mit deinem Vater los ist. Du hattest einen, aber du hast ganz wenig von ihm erzählt.«

»Oh, mein Vater war eigenartig. Er war so alt wie meine Oma. Alle jungen Männer im Alter meiner Mutter waren nicht mehr lebend aus dem Zweiten Weltkrieg zurückgekehrt. Deshalb heiratete sie einen viel älteren Mann. Diese Ehe war übrigens nicht arrangiert. Meine Mutter lernte den Vater in einem Heidelberger Kaffeehaus kennen. Vater hatte viel von der Welt gesehen, aber keine Freunde mehr behalten. Er suchte nicht mehr die Zustimmung seiner Mitmenschen, sondern stieß Menschen vor den Kopf mit seinen manchmal sehr eigenartigen Ansichten. Folgende Sätze stammen von meinem Vater: ›Der Sex des Mannes ist sein Geld.‹ Oder: ›Einheit in der Vielheit, ja, ja, aber erst in Europa, dann in der Welt. Und vorher muss Amerika in Unbedeutendheit versinken. Nur noch die amerikanische Westküste und China werden bedeutend sein.‹ Vater war davon schon vor einem halben Jahrhundert überzeugt.

Er hatte mir gegenüber nie eine warme Beschützerrolle eingenommen. Er war für mich ein weiterer alter Mann in der Familie. Mit siebzehn fragte ich mal meine Mutter, wie sie das mit ihm aushält, wenn er so vor sich hin schimpfte. Sie meinte, er habe viele gute Seiten. In schwierigen Augenblicken dachte sie immer an seine guten Seiten und überhörte sein Geschrei. Während und nach der Hitler-Zeit habe er auch aus politischen Gründen sehr viel Unrecht erlitten, das habe ihn sehr geprägt, meinte meine Mutter.

Jedenfalls hatte der Vater mir nie viel zugetraut. Ich hörte, wie er einmal zur Mami sagte: ›Das Mädel ist jetzt siebzehn. Sie redet nicht viel und malt nur. Sie wäre nie in der Lage gewesen, unsere Firma zu übernehmen. Ich weiß auch nicht, ob wir jemals einen Mann finden werden, der das Mädchen heiraten will. Männer mögen es nicht, wenn eine Frau nicht charmant reden kann.‹

So habe ich indirekt und im Nachhinein erst verstanden, was meine Mutter alles leisten musste, als ihre Firma noch Näherinnen beschäftigte. Niemand wollte mit dem Chef reden, aber die Beschäftigten konnten sich bei Problemen meiner Mutter anvertrauen.

Damals hing der zügige Verkauf der Ware von der Kompetenz der Handelsvertreter ab, die immer bei Laune gehalten werden mussten. Es gab keine Werbeplattformen wie heute. Ein Vertreter besuchte Kleidergeschäfte und Kaufhäuser, um die Ware anzubieten. Etwa dreißig Vertreter waren beschäftigt und jeden Abend wurde ein Vertreter eingeladen zum ›Chefessen‹ in einem der schönen Restaurants am Main. Meine Mutter sorgte bei diesen Besprechungen durch ihre klugen Bemerkungen für eine gute Motivation der Vertreter.

Wäre ich ein Sohn gewesen, dann hätte mein Vater wohl nicht verpachtet und die Firma erhalten. Da er mir die Firmenleitung nicht zutraute, war es dem Vater zu riskant, auf einen Schwiegersohn zu hoffen, der übernehmen konnte.«

»Und wenn du ein Junge gewesen wärst, was hättest du dann gemacht als zukünftiger Fabrikbesitzer?«

»Ich hätte das Gymnasium nach der Mittleren Reife verlassen und von der Pike auf das Schneidern gelernt, wäre in eine Lehre gegangen, um wirklich alles rund ums Schneidern zu erfahren. Dann hätte ich höchste Qualität angeboten, verbunden mit edlem Design. Ferner auch die Möglichkeit, ein Herrenhemd auf die individuellen Körpermaße der Kunden anzupassen. Ich hätte Wege gefunden, um die Produktion in Deutschland zu lassen.

Gerne hätte ich mit Onkel Gottfried zusammengearbeitet, der sich um die Herstellung von edlen Tüchern in Ägypten kümmerte und damit Geld verdiente. Ich hätte auch mit den Webereien auf der Schwäbischen Alb zusammengearbeitet. Vor allem hätte ich meinen Mitarbeitern eine Gewinnbeteiligung gegeben. Es gibt genug Beispiele von Textilunternehmen, die bis zur heutigen Zeit in Deutschland produzieren. ›Gutes Garn edel verarbeitet!‹ – Das wäre mein Motto gewesen. Ich hätte nicht auf Dumpingprodukte aus Billiglohnländern gesetzt. Natürlich hätte ich auch lernen müssen, mit Banken zu verhandeln, Investoren anzuziehen und das Marketing zu verbessern.«

»Hey, das klingt ja richtig gut!«

»Aber vielleicht war es im Nachhinein auch gut für mich, Ulla, dass ich als Mädchen nicht auf das stressige Leben einer Jungunternehmerin vorbereitet wurde, erst einmal ein ›arrangiertes Teenagerleben‹ hatte. Ich konnte so später eigene Wege gehen und hatte Zeit, mich selbst weiterzuentwickeln.

Nun, liebe Ulla, aber du hast mir jedenfalls sehr geholfen, Vergangenes aufzuarbeiten. Ich danke dir sehr für deine Geduld beim Zuhören.«

Abitur oder Reifeprüfung

Ein Jahr vor dem Abitur fing ich an, Biologie zu wiederholen. Ich besorgte mir Biologie-Bücher für Studenten, informierte mich über Zellteilung und DNA. Das machte Eindruck bei meinem Biologie-Lehrer. Aber ich tat das auch, um Jojo zu imponieren. Irgendwie himmelte ich ihn an.

Da ich meine Gefühle für Jojo nicht richtig einordnen konnte, las ich alle meine Goethe-Bücher, um eine Erklärung zu finden, was richtige Liebe ist. Ja, ich nahm das sehr ernst. Ich machte mich auf die Suche nach dem absolut schönsten Liebesgedicht, welches Liebe beschreibt und genau erklärt.

In allen 36 Bänden fand ich keine Texte oder Verse, mit denen ich etwas anfangen konnte. Nur die Figur des Doktor Faustus faszinierte mich. Sein Lebensweg als Wissenschaftler, als Wahrheitssucher, Künstler, Liebhaber und Erbauer gab mir richtig viel Anlass zum Nachdenken. Goethes Hinweis, »ein guter Mensch in seinem dunklen Drange ist sich des rechten Weges stets bewusst«[4] war eine Ermutigung für mich, dass auch ich mein Leben noch meistern werde.

Die Zeit vor dem Abitur durften wir Gymnasiasten nutzen zur Information über den zukünftigen Beruf. Ich fuhr zu den Informationsabenden von zwei Kunstakademien nach Mannheim und nach Karlsruhe. Mir wurde dort sehr rasch klar, dass ich keine Malerin werden wollte, denn ich mochte nicht das finanziell unsichere Leben einer Künstlerin führen. Mir fehlte auch das geforderte einzigartige, herausragende Talent. Und vor allem, ich war viel zu ruhig, um mich zu verkaufen.

In der Nacht vor der Prüfungswoche konnte ich nicht einschlafen. Ich geisterte durch die Wohnung, fand im Kühlschrank eine Flasche Bier und trank das erste Mal in meinem Leben Bier, was mir immer noch nicht schmeckte, aber ich konnte endlich einschlafen. Meine Mitschüler und ich hatten eine ganze Woche lang in den verschiedensten Fächern schriftliche und mündliche Prüfungen. Kurz danach bekamen wir im April 1969 das Abiturzeugnis ausgehändigt. Diesen Tag möchte ich so bewerten: Das Zeugnis bescheinigte mir, dass ich vom Gymnasium fortgehen konnte, was der Bedeutung des lateinischen Wortes »abire« entsprach.

Aber dieses Zeugnis besagte nicht, dass ich die Reife erlangt hatte, ein verantwortungsvolles Leben zu führen. Wenn ich überhaupt etwas Wichtiges gelernt hatte, so war es durch das Vorbild meines Großvaters und meines Onkels Hellmut, und nicht durch das ruhige Absitzen meiner Schulzeit. Es kam mir jetzt so vor, als ob ich nichts für das Leben gelernt hatte, so wie es über der Tür des Gymnasiums stand. Denn ich hatte keine konkrete Vorstellung über meinen zukünftigen Beruf oder ein Studium, das zur Berufsausübung führte.

Am Abend dieses speziellen Tages kam ein Anruf von Hellmut aus Basel. Der Onkel sagte mit ernster Stimme: »Es tut mir leid, dass ich nicht kommen konnte, aber ich liege mit Fieber im Bett. Wie ist es denn gelaufen mit der Übergabe dieser Reifebescheinigung?«

»Ach Hellmut, das war nichts Besonderes, du hast nichts verpasst, wir haben dem Alphabet nach das Zeugnis per Handschlag überreicht bekommen, und das war es dann auch schon.«

»Okay, Carla, dann möchte ich dir jetzt einen Spruch auf den Lebensweg mitgeben.«

»Und der wäre?«

»Natürlich kurz und bündig auf Latein. »Quidquid agis, prudenter agas et respice finem – Was auch immer du tust, tue es klug und bedenke das Ende.«

Ich fing an, laut zu lachen.

»Warum lachst du? Ich meine es ausnahmsweise ernst.«

»Als ich den Barry noch hatte und mit ihm am Main entlang lief, da habe ich dem Barry vorgesungen: Oh Barry, quietsch quietsch agis, prudenter wau wau et respice wuff wuff!«

»Das ist wirklich lustig und zeigt, wie du mit Wörtern umgehen kannst.«

»Ja schon, Hellmut, aber ich weiß trotzdem nicht, was ich jetzt machen soll. Ich finde, ich habe nichts für das Leben gelernt.«

»Du hast doch jetzt nichts mehr zu tun, geht mal zu Pfaudler, verdien' dir ein paar Kröten und schau dir das Arbeitsleben an. Bilde dir deine eigene Meinung.«

»Gute Idee, wie immer, mach ich, Hellmut.«

Da ich mir nun ein Auto zulegen wollte, ging ich gleich am anderen Tag in das Personalbüro von Pfaudler. Ich bekam einen Arbeitsplatz in der Finanzabteilung und durfte mit zwei anderen Frauen an einem Gruppentisch eingehende Rechnungen prüfen. Ich mochte die ernsthafte Atmosphäre an meinem Arbeitsplatz und liebte den metallischen Geruch in den Produktionshallen.

An den Wochenenden fing ich an, meine Kleider selbst zu nähen. Das war einfach für mich. Ich hatte eine gute Nähmaschine aus den ehemaligen Produktionshallen der Eltern, und es gab Zeitungen mit fertigen Zuschnitten, die das Schneidern einfach machten. Ein roter Hosenanzug und ein asymmetrisches Kostüm waren das Ergebnis. Außerdem fing ich an, meine Pullover selbst zu stricken.

Ich verdiente so viel Geld, dass ich mir nach einem halben Jahr ein eigenes Auto kaufen konnte. Pfaudler wollte mich behalten. Auch Jojo hatte dort während seiner Semesterferien Arbeit bekommen. Jojo wollte aber nicht, dass ich dort weiter arbeitete, ich sollte etwas Besseres werden, studieren. Das sind doch alles »Arbeeeter«, Proletarier, meinte er.

In dieser Umbruchsituation wollte ich mir den Rat eines Psychologen einholen. Ich staunte nicht schlecht, als ich das Beratungszimmer betrat. Vor mir saß mein letzter Religionslehrer. Er erkannte mich wieder und sagte zu mir: »Carla, die Psychologie ist gut für Menschen, die ohne Gott zurechtkommen. Deshalb bin ich Psychologe geworden. Die Menschen hören eher einem Psychoklempner zu als einem Pfarrer. Also, was ist dein Problem?«

»Ich weiß nicht, was ich studieren soll, wo ich studieren soll, ob ich studieren soll und ob das Liebe ist, was ich für Jojo empfinde.«

»Carla, sammle Fakten, dann triff eine Entscheidung und setze sie in Taten um. Akzeptiere die Ergebnisse deines Handels, geh deinen Weg, aber dreh dich nicht um. Dreh dich nicht um.«

Das waren ernste Worte, aber wieder nahm meine Mutter die Entscheidung für mich ab. »Du kannst studieren, was du willst, aber du ziehst jetzt nach Wertheim und studierst in Würzburg.«

Die Großeltern gaben die große Altbauwohnung in Schwetzingen auf und zogen mit mir nach Wertheim, wo sie im Haus der Eltern wohnen konnten.

Was für eine Opfer der Großeltern, eine so geschichtsträchtige Wohnung aufzugeben! Etwa hundert Jahre lang hatte die Familie dort gelebt, Urgroßeltern, Großeltern, die Mutter, der Onkel und ich. Omi und Opi taten es, um bei ihrer Tochter und der Enkeltochter in Wertheim zu sein.

Für meine Mutter wäre es undenkbar gewesen, ihre Eltern allein in Schwetzingen zu lassen oder in ein Altersheim zu geben. Da Mami jetzt nicht mehr die Firma am Hals hatte, konnte sie entsprechend der Familientradition ihre Eltern und ihre Tochter zu sich ins Haus nehmen. Platz genug gab es ja auf drei Etagen.

Hätte ich nicht in Würzburg studiert, sondern in Heidelberg, wer weiß, vielleicht würde ich jetzt noch in dieser Wohnung leben. Das Haus und die Wohnung existieren noch und sind wunderschön restauriert. Die Bäume vor dem Haus und den Bahnhof um die Ecke gibt es noch immer und natürlich auch den Schlosspark.

Aber vielleicht hätte ich heimlich einen Hund in diese Wohnung genommen, und dann den Hauseigentümer überredet, das Tier im Haus zu dulden.

Nun, ich war wieder ein braves Mädchen, tat ohne Widerspruch, was man von mir wollte und schrieb mich als Studentin an der altehrwürdigen Julius Maximilian-Universität in Würzburg ein.

Ulla und ich lebten nun an verschiedenen Orten. Wir schrieben uns Briefe, telefonierten und besuchten uns in den Semesterferien. Jojo durfte mich zweimal im Monat am Wochenende besuchen.

Jojo bekam im Souterrain des Hauses meiner Eltern ein Zimmer mit Bad zugeteilt, wo er schlafen konnte. Meine Mutter kontrolliert gelegentlich, ob ich in meinem eigenen Zimmer schlief. Die Großeltern hatten ihre neue Wohnung im Obergeschoss.

Es kam schließlich zu einer Verlobung unter dem Tannenbaum, eine romantische Vorgehensweise wie damals in der Jugendzeitschrift ›Bravo‹ empfohlen. Jojo studierte weiter in Heidelberg, und ich war begeistert von einer neuen Welt des Lernens an der Universität in Würzburg.

Endlich allein im Studium

Ich betrat in Würzburg den Schauplatz des aufkommenden libertinösen Lebensstils der Siebzigerjahre. In Studentenzeitungen stand groß gedruckt: »Wer zweimal mit demselben pennt, gehört schon zum Establishment«. Es gab Kommilitonen und Wohngemeinschaften, die danach lebten, zwangen aber niemanden, mitzumachen. In den Korridoren der verschiedenen Fakultäten roch es nach Marihuana.

Ich mietete mir ein kleines Zimmer in Würzburg und fuhr an den Wochenenden nach Wertheim. Meine Studentenbude war ein beliebter Treffpunkt. Oft griff jemand zur Gitarre. Wir lauschten Rhythm and Blues Songs oder Jimi Hendrix auf mitgebrachten Schallplatten. Das Lieblingsgericht aller war Fondue. In Gasthäusern war mein Lieblingsgericht Obatzda aus Camembert und Zwiebeln. Pizza gab es damals nirgendwo im Würzburg.

Ich wurde innerhalb von Wochen regelrecht süchtig nach neuem Wissen, schrieb mich ein für Pädagogik, weil ich das Schulleben verbessern wollte. Außerdem in Betriebswirtschaft, weil mich Herstellung und Angebot von Dienstleistungen noch immer interessierten – und für drei Semester Medizin im Gedenken an Albert Schweitzer. Es gab Tage, an denen ich von acht Uhr morgens bis zehn Uhr nachts Vorlesungen und Seminare auf meinem Stundenplan zusammenstellte. Auf den Wegen zu den verschiedenen Vorlesungsgebäuden schaute ich gelegentlich nach dem orientalischen Haus aus meinem Kindertraum, sah es aber nirgendwo in Würzburg.

Mit Pädagogik konnte ich seltsamerweise nicht viel anfangen. Gleich im ersten Semester erklärte uns der Dekan, dass wir lernen müssten, die nächste Generation als »Freizeitgeneration« zu erziehen. Unserer Kultur werde zur Unterhaltungskultur degenerieren. Noch hatte ich keine Ahnung, was ich mir darunter vorstellen konnte.

Die Philosophieveranstaltungen im Pädagogikgebäude hatten es mir angetan. Ich versuchte zu verstehen, was »Erkenntnis« ist und wie Erkenntnis als Resultat des Nachdenkens entsteht.[5] Danach verschlang ich Bücher über den Existenzialismus. Ich bin mir aber nicht sicher, ob ich den Leitsatz «L'exitistence precede l'essence« jemals richtig verstanden habe. Die Idee der Revolte wurde meine neue Sichtweise, so wie Paul Camus es formulierte: »Je me révolte, donc je suis – Ich revoltiere, also bin ich.« Ich verstand Albert Camus so, dass man die Menschen schockieren müsse, um deren Aufmerksamkeit zu bekommen.

Neu war für mich die ständige Wiederholung im Existenzialismus, dass der Mensch dazu verurteilt sei, frei zu sein, die Freiheit den Menschen zu permanenten Entscheidungen zwinge.

In den Semesterferien fuhr ich nach Basel zu Hellmut und Siglind. Dort fand ich etwas innere Ruhe. Ich besuchte einige Museen. Von einer Rodin-Statue, dem »Denker«, war ich besonders beeindruckt. Der »Denker« hatte als Leihgabe von Paris aus seinen Weg für einen Sommer lang nach Basel gefunden.

Hellmut fragte mich: »Was fällt dir dazu ein, Carla?«

»›Cogito ergo sum‹ wurde ins Französische übersetzt von René Descartes in ›Je pense, donc je suis‹ – und dann stellte ein paar Jahrhunderte später Auguste Rodin die Anstrengung beim Denken in dieser Skulptur dar.«

»Oh Carla, du bist ja richtig ›gebüldet‹ geworden, das macht mir direkt Angst«, witzelte Hellmut.

»Hellmut, lass mich bitte zusammenfassen: Denken bedeutet, dass ein Mensch seinen Verstand verwenden kann. Eigentlich lassen sich alle geistigen Tätigkeiten als Denken bezeichnen wie die menschliche Fähigkeit des Erkennens und Urteilens, nicht wahr, Hellmut?«

»Ja, so sehe ich das auch, meine kleine Große.«

Ich fing endlich an nachzudenken, zu reflektieren. Bei mir war nur die Reihenfolge umgekehrt, erst revoltierte ich gedanklich in Würzburg, und jetzt in Basel begann ich zu reflektieren und merkte, dass ich dann meine Entscheidungen zu Taten führen sollten.

Diese Ideen wurden zu Hause in Wertheim als Gedankenspielerei abgetan, sie veranlassten mich aber, Jojo mitzuteilen, dass ich ihn nicht heiraten könnte, weil ich nicht aufrichtig wäre, wenn ich ihm das kirchliche Eheversprechen geben würde, welches damals lautete: »Vor Gottes Angesicht nehme ich dich an als meinen Mann. Ich verspreche dir die Treue in guten und schlechten Tagen, in Gesundheit und Krankheit, bis der Tod uns scheidet. Ich will dir gehorchen, dich lieben, achten und ehren.«

Was dann geschah, war ziemlich turbulent. Jojo war erschüttert, von mir diese Entscheidung zu hören. Meine Erklärungen mussten für ihn sehr unverständlich gewesen sein. Diese erste selbst getroffene existenzielle Entscheidung war wie ein Paukenschlag und verursachte ein Familiendrama. Mutter und Großmutter waren bestürzt, meine konfusen Erklärungen aus angelesenen Philosophien waren für sie schockierend. Der Vater hielt sich mit Bemerkungen zurück und Opi schwieg.

Natürlich musste ich mir anhören, die verstorbene Carla hätte das nie gemacht. Die wäre glücklich und dankbar gewesen, von einem so wunderbaren jungen Mann geheiratet zu werden, der eine Erfolg versprechende Karriere vor sich habe.

Hellmut wurde gebeten, mit mir zu reden, um meine Entscheidung rückgängig zu machen. Er kam, besuchte auch das Elternhaus von Jojo, sprach mit mir und sagte, er verstehe mich, er selbst bekomme keine Luft zum Atmen in der Enge dieser alten Gedankenwelt.

Rückblickend frage ich mich, wie ich in dieser Liebesbeziehung den Bruch hätte verhindern können. Es wäre wohl vernünftiger gewesen, wenn Jojo und ich am gleichen Studienort studiert hätten, dann hätten wir diese neue Gedankenwelt gemeinsam erlebt und den geistigen Wachstumsprozess zusammen gemacht. Dann wären wir vielleicht noch heute zusammen wie manche meiner Mitschülerinnen mit ihren Jugendfreunden. Jojo und ich würden vielleicht noch heute in der schönen Altbauwohnung leben, in der immer noch, bis zum heutigen Tag, dieselbe Familie lebt, die nach uns eingezogen ist.

Jedenfalls war ich jetzt in einer Situation, in der ich Geld verdienen musste, um auf eigenen Beinen zu stehen und mein Studium abzuschließen. Ein Stipendium hatte ich nicht.

Ich begann, an den Haustüren Kosmetik zu verkaufen. Mir wurde von einer Kosmetikfirma ein Verkaufsgebiet in Würzburg zugeteilt. Ich klingelte an Haustüren und bot Parfums, Cremes und Shampoo an. Ich lernte dabei ganz unterschiedliche Menschen kennen: Barmädchen, alte Damen, eine Opernsängerin, eine misshandelte Türkin, arbeitslose Frauen.

Ich wurde von einer Verkaufstrainerin auf jede neue Verkaufskampagne vorbereitet und bekam Kataloge. In den Schulungen lernte ich, wie man mit Menschen redet und einen Kauf abschließt. Sie machte mir klar, dass wir nicht Cremes oder Parfum verkaufen, sondern in erster Linie eine Verbesserung des Selbstwertgefühls: »Wir steigern vor allem das Selbstvertrauen der Menschen, indem wir sie ermutigen, wir finden nette Worte über die Einrichtung der Kunden. Wir fragen dann nach dem Befinden, hören zu, drücken unser Verständnis in Worte aus. Wenn nötig, bieten wir ehrlich gemeinte Problemlösungen an. So gewinnen wir das Vertrauen der Nachbarn, erzählen dann von dem Produkt der jeweiligen Kampagne, lassen das Produkt probieren, lächeln dabei und kommen zum Verkaufsabschluss.«

Ich verdiente in der ersten Kampagne dreißig Mark, dann jeden Monat mehr, sodass ich mein Leben selbst finanzieren konnte. Aber vor allem, so fand ich, hatte ich endlich etwas fürs Leben gelernt: Wie man mit Menschen umgeht und eine positive Beziehung aufbaut. Das war umsetzbar, und ich merkte sofort, ob die Ratschläge funktionierten oder nicht.

Aber auch Klausuren standen vor der Tür. Ich musste unbedingt den Onkel wieder etwas fragen und rief ihn an. »Hellmut, was verändert den Menschen mehr, Marketing oder Pädagogik? Oder ist es noch etwas ganz anderes, was den Menschen verändert? Ich hätte diese Frage auch gerne Onkel Berti gestellt, aber der lebt nicht mehr.«

»Carla, du bist wieder viel zu ernst«, antwortete mir Hellmut, »nimm das Leben mal von der leichteren Seite. Kauf dir einen Schlapphut, das ist jetzt modern, und dann geh in den Jazz-Klub bei euch um die Ecke. Lass einfach mal die Musik auf dich wirken, ohne nachzudenken. So, jetzt hab ein schönes Wochenende.«

Ein Wochenende ohne Nachdenken, das tat gut. Die anschließenden Klausuren des Staatsexamens machten mir keinen Kummer mehr. Ich bestand sie und hatte meine Lehrbefugnis in der Tasche.

Nach den Klausuren machte ich mich auf den Weg zu einem Klassentreffen. Ich fuhr über Karlsruhe nach Schwetzingen. In Karlsruhe besuchte ich noch meine langjährige Brieffreundin Nikki Fisler. Nikki war das einzige Mädchen außer Ulla, mit der ich mich ab und an unterhalten konnte. In Schwetzingen empfand ich dann nach fünf Jahren Abstand zu meinem Kindheitsort so etwas wie Heimweh. Es kam mir vor, als ob der Sommer dort unendlich lang war.

Ich erinnerte mich auf einmal an die sommerlichen Düfte. Ich hielt mich als Kind oft auf dem Küchenbalkon auf. Dort hatte ich einen Duft eingeatmet, den ich nie vergessen werde. Es war der warme, süßliche und leicht blumige Duft von Tabakblättern. Diese wurden auf dem Dachboden eines Schuppens im Hinterhaus getrocknet. Und da waren noch die riesigen lila Fliederbüsche vor dem Schlosseingang. Ich konnte als Kind in den Büschen herumlaufen. Dieser Flieder roch himmlisch, oder was man sich darunter vorstellt: blumig, süßlich-beißend und gleichzeitig sanft und durchdringend. Und nicht zu vergessen: der Hopfen! Es gab damals zwei Bierbrauereien, die brauchten natürlich Hopfen, der hinter dem Schlossgarten angebaut wurde. Das war ein herrlich frischer Duft. Wenn man eine Hopfendolde zwischen den Fingern zerrieb, so stieg ein frisch feinwürziger Duft in die Nase, der auf mich sehr beruhigend wirkte.

In Schwetzingen gab es auch überall Lindenbäume, sogar eine »Lindenstraße«. Diese Bäume dufteten berauschend. Auch an meinem alten Gymnasium standen Lindenbäume. Ich erinnere mich, dass im Sommer die Fenster des Klassenzimmers offen standen. Ich hatte einen Fensterplatz, genoss den zarten, kühlen und leicht süßlichen Duft der Lindenblüten. Ich träumte vor mich hin und hörte im Hintergrund den Lehrer rhythmisch Ovid sprechen: »Aurea prima sata est aetas, quae vindice nullo, sponte sua, sine lege fidem rectumque colebat« – Als erstes entstand das Goldene Zeitalter, welches ohne einen Strafvollstrecker, freiwillig und ohne ein Gesetz immer die Aufrichtigkeit und das rechte Tun hochhielt. Ich behielt den Klang des Hexameters im Ohr, den Duft in der Nase und den Traum der Menschheit von einem Goldenen Zeitalter im Gedächtnis.

Schwetzingen lehrte mich, die Welt zu lieben, das Schöne zu suchen und zu genießen. Ich öffnete mich für neue Düfte und neue Gedanken und empfand jetzt, da ich weg war und wahrscheinlich nie mehr zurückkommen würde, große Dankbarkeit dem Kurfürsten Carl Theodor gegenüber für seine große Liebe zur Kunst, zur Musik und anderen Kulturen.

Leben in Badisch Sibirien

Meine Mutter hatte in der Zwischenzeit schweren Herzens begriffen, dass sie mir die Ehe mit Jojo nicht aufzwingen konnte. Aber mit dem Vermitteln ging es weiter. Nach meinem Staatsexamen zog Mutter wieder die Strippen, diesmal bei einem Schulrat, der dringend eine Schwangerschaftsvertretung suchte. Durch ihre guten Beziehungen zu vielen Menschen bekam ich eine Arbeitsstelle an einer Grundschule in Schönfeld bei Würzburg.

Dieser Ort mit etwa siebenhundert Einwohnern liegt in »Badisch Sibirien«. So nennt man den fränkisch geprägten Nordosten Baden-Württembergs. Schönfeld war damals ein eigenständiger Ort mit Post, Bäckerei, Fleischer, Lebensmittelläden und vielen Handwerkern wie Schmied, Schuster, Schlosser und Elektriker. Das Schulhaus direkt neben der Kirche hatte zwei Klassenräume und war vorbildlich ausgestattet mit zeitgemäßen Medien. Vor dem Schulhaus blühten rote Rosenbüsche. Der Duft der Rosen vermischte sich mit dem Geruch von frisch geschnittenem Gras, Heu und Getreide. Am ersten Arbeitstag hatte ich den Eindruck: »Wenn du nichts unternimmst, wirst du bis zum Ende deines Lebens dort bleiben, so wie die anderen Lehrer auch.«

So zog ich von der Stadt aufs Land, dennoch bereit, mich auf eine neue Lebensart einzustellen.

Eine neue Unterkunft bekam ich von einer Freundin, in deren Haus ich Meditationskurse besuchte. Ich erfuhr von der Freundin, dass Meditation bedeutet, kontrolliert zu atmen, die Augen zu schließen, sich auf ein Meditationswort wie »Wam« zu konzentrieren und die eigenen Gedanken auszuschalten. Es ging in den Kursen nicht darum, zu lernen, vertieft nachzudenken, was die eigentliche Grundbedeutung des lateinischen Verbs »meditari« ist.

e Freundin reiste mit ihrem Mann, einem jungen Arzt, nach Indien und kam mit einem neuen Namen zurück, *Ma Prem Chandra*. Chandra erklärte mir, dass sie von ihrem geistigen Führer in Indien den Auftrag erhalten habe, in einer größeren Stadt ein Zentrum zu gründen, um möglichst viele Anhänger zu gewinnen. Deshalb konnte ich Chandras Haus im kleinen Schönfeld übernehmen.

Kurz darauf besuchte ich Chandra in ihrer neuen Stadtwohnung und war entsetzt. In ihren Seminaren tanzten Jugendliche mit verklärten Gesichtern zu indischer Musik, wackelten mit dem Bauch und hatten mit der nächstbesten Person Sex. Die Einnahmen für die »Meditativen Wohlfühlkurse« gingen nach Indien zum Meister. Chandra hielt nach ihrer Indien-Reise den Kontakt mit mir nicht mehr aufrecht. Ich weiß nicht, was mit ihr noch alles passierte.

Ich bekam in Schönfeld eine unkomplizierte vierte Klasse, mit der ich alles Gelernte über guten Unterricht verwirklichen durfte. In dieser Klasse war übrigens auch meine jetzige Freundin Marina.

Ich bemühte mich, die Kommunikation im Unterricht zu optimieren. Bald kamen Studenten, um den Unterricht zu beobachten und Filme zu drehen. Ich übernachtete auch einmal in der Woche in einem Studentenheim in Ludwigsburg, weil ich dort an der Pädagogischen Hochschule Lehrveranstaltungen zum Thema «Symmetrische Unterrichtskommunikation« hielt.

In diesem Studentenheim wurde ich dazu geholt, als ein Mädchen vom Dach des Gebäudes springen wollte, um ihrem Leben ein Ende zu setzen. Ich redete mit dem Mädchen. Am Ende sprang es zwar nicht, dennoch war ich nicht in der Lage, dem Mädchen die Suche nach Sinn und Lebensfreude zu vermitteln. All mein Wissen, das ich im Studium erworben hatte, half mir nicht, eine befriedigende Antwort zu geben.

Ich war schockiert und erschrocken zu hören, dass im Schnitt einmal im Monat jemand vom Dach des Hochhauses sprang, weil die jungen Menschen die Perspektivlosigkeit ihres Lebens und die Angst vor der Zukunft nicht aushielten. Damals bekam im Durchschnitt nur einer von fünfzig Lehramtsstudenten eine Arbeitsstelle. Der Schritt zum Sprung vom Hochhausdach wurde oft unterstützt durch Alkohol und Drogenkonsum.

Dagegen war in Schönfeld das Leben entspannt. Es gab an meinem Schulort Elternabende, die harmonisch abliefen und gut besucht waren. Die Eltern baten darum, vor Unterrichtsbeginn zu beten. Das war eine unerwartete Bitte an mich. Da ich so nett gefragt wurde, sagte ich, ohne zu überlegen: »Ja, machen wir!«

An die Inhalte der Gebete erinnere ich mich nicht mehr. Jedenfalls sammelten wir die Gebete in einem Büchlein, saßen jeden Morgen im Stuhlkreis und der Reihe nach wurde ein Gebet gelesen. Im Nachhinein stelle ich fest, dass das die angenehmste, kooperativste, friedlichste und lernbegierigste Klasse war, die ich je unterrichtete.

Mir fallen auch lustige Dinge zu der Schönfelder Zeit ein. Ich erinnere mich an den kleinen Andreas. Dieses Schlitzohr sagte zu mir: »Weißt du was, Fernsehen macht dumm!«.

»Wie kommst du da drauf, Andreas?«

»Weil, wenn ich ein Buch lese, habe ich mein eigenes Kopfkino. Ich entscheide dann, welchen Film ich mir in meinem Kopf abspiele, und das macht intelligent. Wenn ich aber im Fernsehen angucken muss, was schon fertig gedreht ist, dann komme ich nicht zum Nachdenken. Und das macht dumm.«

»Na, Andreas, da hab ich ja noch mal Glück gehabt, ich hab nämlich keinen Fernseher.«

Dann starb ein Schönfelder Junge im Alter von sieben Jahren bei einem Schlittenunfall. Ich fand keine Antworten auf die traurigen Fragen meiner Schulkinder. Ich wagte nicht zu sagen, dass das Leben früher oder später für jeden zu Ende geht. Es kam nur folgender Satz über meine Lippen: »Er ist erst dann richtig gestorben, wenn wir ihn vergessen.«

Zudem starb 1976 Onkel Gottfried. Er hatte einen mysteriösen Unfall auf einer geraden Straße in Ägypten. Es gab keinen Gegenverkehr. Warum Onkel Gottfried von der Straße abkam oder doch jemand ›nachgeholfen‹ hatte, das wurde von den Behörden in Kairo nie überprüft. Ich wollte an der Beisetzung in der Familienkapelle in Oelber teilnehmen. Aber dazu wurde ich vom Schulleiter nicht freigestellt. Auch das machte mich sehr traurig.

Was ich von der damaligen Zeit aber in angenehmer Erinnerung habe, waren Poesie-Alben mit Rosenbildern auf der linken Seite, und auf der rechten Seite durfte man sich mit einem Gedicht verewigen. Fast jeden Tag bekam ich eines von den Schülern meiner Klasse zum Reinschreiben. Mir ist ein Gedicht besonders in Erinnerung:

Willst du glücklich sein im Leben,
trage bei zu and'rer Glück
denn die Freude, die wir geben,
kehrt ins eigne Herz zurück.

Den anderen Menschen, besonders meinen Schulkindern, Freude zu bereiten, das bereitete mir Freude.

Im Nachbarort durfte ich zusätzlich Englisch unterrichten. Ich fühlte mich sehr sicher, denn ich liebte es immer noch, Englisch zu sprechen.

Folgendes fiel mir auf: Wenn einige meiner Kollegen Gitarre spielten und mit den Schülern sangen, hatten sie die Aufmerksamkeit aller. Also brachte ich mir auch ein paar Gitarrengriffe bei und gründete mit meiner Englischklasse eine Band. Wir spielten Lieder zum Mitsingen wie »This Land is your Land« oder Songs von dem damals populären Bob Dylan. Seine Songs waren der Soundtrack meiner Zeit in Schönfeld. Dylans Lieder brachten die weite Welt in das Dorf, in dem ich zehn Jahre meines Lebens verbrachte, von 1975 bis 1985. »The Times they are changing« – das waren auch meine Siebzigerjahre und Bob Dylan sprach mir aus dem Herzen. Ich fand, dass sich die Zeiten unbedingt ändern müssten, denn bis zum Ende des Jahrzehnts befand sich die Welt im »Kalten Krieg« – NATO und Warschauer-Pakt-Staaten standen sich unversöhnlich gegenüber.

Zum Glück konnten die Mitspieler meiner Band besser Gitarre spielen als ich. Der Schlagzeuger und das Mädchen mit der Leadgitarre verstanden ihr Handwerk. Und nach einigem Üben hatten wir einen Auftritt in der Halle neben der Kirche. Der Saal war voll belegt, alle beklatschten uns. Für mich war der Auftritt ein lehrreiches Erlebnis. Deutlich musste ich erfahren, dass ich mein musikalisches Talent ausgereizt hatte, nicht genug Stimme und nicht das Gehör für die passenden Akkorde hatte. Ich hätte nie bei einer Jamsession mitspielen können. Da die Zuhörer Schülereltern und Mitschüler waren, hatte ich Glück und wurde nicht ausgebuht.

So wechselte ich mein Hobby: nicht mehr Gitarre spielen, sondern in der Freizeit reiten. In Schönfeld und den Nachbarorten gehörte es zum Lebensstil, Pferde zu haben. Viele Menschen wohnten noch in Bauernhäusern, arbeiteten aber nicht mehr in der Landwirtschaft. So konnten sie Pferde in den noch vorhandenen Ställen aufnehmen. Es war daher naheliegend, auch in meinem Haus mit Scheune und Stall zwei Pferde zu halten.

Manche Freizeitreiter fühlten sich überfordert von dem Wesen des Tieres und gaben ihr Pferd wie einen Wanderpokal weiter. So kam ich zu meinem ersten Pferd Abby. Es war ein Halbblüter mit einem sehr eleganten Gang. Da sein Vorbesitzer das Tier oft unbegründet schlug und anbrüllte, nahm ich gerne das Tier zu mir. Ich nahm auch noch ein zweites Pferd, Ricky. Beide Pferde entwickelten sich gut. Sie liefen bald hinter mir her wie Hunde.

So fing ich an mit dem Wanderreiten. Ich ritt in die umliegenden Wälder oder manchmal auch in den Schulort meiner Englischklasse. Das fiel nicht besonders auf, weil die anderen Dorfbewohner auch Pferde hatten. Man half sich auch gegenseitig bei der Heuernte oder fütterte die Pferde des Nachbarn, wenn der mal länger außer Haus war. An einem Wochenende ritt ich sogar nach Wertheim. Opi staunte nicht schlecht, als auf einmal ein Pferd in Mutters Garten stand. Nur Mami war vorbereitet. Sie hatte Heu für Abby besorgt. Opi strahlte wie schon lange nicht mehr.

»Du machst das schon richtig, mein Kind«, flüsterte er mir ins Ohr. Ich fühlte mich glücklich und erleichtert, dass ich Opis Zustimmung hatte für meinen neuen Lebensstil.

Eigenartige Begegnungen

Freunde von mir fingen an, in einer Gärtnerei organisches Gemüse zu züchten. Ich ritt mit Ricky in die Gärtnerei. Ricky hatte aber kein Verständnis dafür, dass ich mir in dieser Gärtnerei die Pflanzen betrachtete und einen Kaffee trank. Das Pferd befreite sich von dem Pfahl, an den ich es festgebunden hatte, lief zur Bundesstraße, hielt an, schaute nach rechts und links, ging dann langsam über die Straße und rannte allein nach Hause. Er fand den Weg und wartete vor der Stalltür, bis ich eintraf. Ich dachte nur: »Glück gehabt!«

Ab und zu musste ich nach Würzburg fahren, denn dort war das Reiterfachgeschäft. Mit einem neuen Hütchen als Kopfbedeckung flanierte ich an einem Sommertag die Theaterstraße entlang. Damals gab es dort einen McDonalds. Direkt vor dem Schnellrestaurant wurde ich von fünf baumlangen Amerikanern in Uniform in die Mitte genommen. Ich fühlte mich bedroht und ärgerte mich zugleich, dass von den unzähligen Passanten mich niemand beachtete, als ich am helllichten Tag wider Willen umzingelt war.

Um mich zu befreien, stellte ich mich vor den grinsenden Soldaten, den ich für den Anführer hielt. Ich fragte ihn auf Englisch, was sie von mir wollten. Er sagte mir geradeheraus: »Wir wollen reden, wir wollen über Religion reden.«

Ich wiederum erwiderte mit fester Stimme: »Was für ein Unsinn in der heutigen Zeit, an einen Gott zu glauben, diese Geschichten waren früher notwendig zur Unterdrückung und Manipulation der Menschen. Heute funktioniert das nicht mehr, und mit mir erst recht nicht! Kann ich jetzt gehen?«

Die Herren waren sprachlos, der Kreis öffnete sich, und ich konnte erleichtert weiter laufen. Mein arroganter und besserwisserischer Tonfall hatte die Herren offensichtlich zum Schweigen gebracht.

Ein weiteres eigenartiges Ereignis ist ebenfalls mit Würzburg verbunden: Nur kurze Zeit nach der Begegnung mit den amerikanischen Soldaten ließ ich meine Pigmentflecken am Körper kontrollieren. Die Ärzte sagten mir in der Uniklinik, dass man mir Gewebestellen zur Kontrolle entnehmen müsste. Man sei nach dem Gesetz verpflichtet, mir schon jetzt mitzuteilen, dass ich, wenn ich Pech habe, in vierzehn Tage sterben könnte, wenn es sich um einen aggressiven Hautkrebs handelte.

Ich überlegte mir, ob ich die Pferde den Nachbarn geben, meine Kreditkarte ausreizen und in die Südsee fliegen sollte. Ich zog es aber vor, in den Wald zu reiten und auf einer Waldlichtung die Sonne zu genießen. Die Wärme der Sonne und der Duft des Mooses waren beruhigend. Nach etwa zwei Wochen bekam ich einen Anruf, dass ich keinen Hautkrebs hätte. Erleichtert führte ich mein gewohntes Leben weiter.

Dann tauchte plötzlich ein Halbbruder in meinem Leben auf, viel älter als ich – ein Kind, das lange vor mir als Eskapade von meinem Vater gezeugt wurde. Bei meinem neuen Bruder Siegwart drehte sich das Leben um seine drei Kinder. Siegwart hatte seine Frau nach dem Kriterium ausgewählt, ob sie Kinder bekommen und eine gute Mutter sein würde. Siggi, wie seine Freunde ihn nannten, wollte aber auch eine Schwester haben, deshalb suchte er mich, nachdem er in Familiendokumenten meinen Namen gelesen hatte.

Der neue Bruder verband den Besuch bei mir mit einem Theaterbesuch in Würzburg. Er wollte dort Lessings »Nathan der Weise« sehen und lud mich ein, ihn ins Stadttheater zu begleiten. Nach der gelungenen Theateraufführung mit beeindruckenden Bühnenbildern wollte Siegwart mit mir über die Aufführung reden. In einer Winzerstube kam er auf den Konflikt zu sprechen, in dem Judentum, Christentum und Islam seit jeher zueinander stehen. Ich hörte eher gelangweilt zu. Er fragte mich:

»Carla, findest du nicht auch, dass Humanität und Toleranz Gräben überwinden und friedvolles Miteinander möglich machen können?«

»Ich weiß nicht so recht, Siegwart, hab noch nie so tief darüber nachgedacht, es war bislang nicht mein Thema.«

»Carla, vor allem die Ringparabel und das Ende des Dramas zeigen doch deutlich, dass alle drei Weltreligionen in einer Familie vertreten sind und somit untrennbar miteinander verbunden. Jede Religion hat ihre Existenzberechtigung und keine ist der anderen überlegen.«

»Hm, ich werde mal darüber nachdenken, aber im Moment bin ich immer noch der Meinung, dass es in der heutigen Zeit keinen Sinn macht, an Gott zu glauben.«

Siegwart ging nicht weiter auf das Thema ein und brachte mich schließlich nach Hause.

Der Bruder besuchte mich oft, ging auch mit mir in die Schule und half mir in seinem Urlaub bei den Stallarbeiten. Natürlich lernte ich bald auch seine Familie kennen. Dabei stellte ich fest, dass Siggi ein Sprachgenie war. Er konnte sich in etwa zwanzig verschiedenen Sprachen verständigen, und wann immer er die Welt bereiste, erhielt ich von ihm eine Postkarte, geschrieben in der Sprache seines Reiselandes. Ich fand es wunderbar, einen großen Bruder zu haben, besser spät als nie!

Nach dem Kennenlernen meines neuen Bruders trug ich mich auch mit dem Gedanken zu heiraten, da Siegwart das Eheleben als sehr bereichernd beschrieb. Ich entwickelte jedenfalls starke Emotionen zu einem Mann. Er wollte mich aber nur heiraten, wenn ich schon vor Eheschließung schwanger würde. Es gab also außer meinem Bruder Siggi noch mehr Männer, die Kinder zu bekommen als Vorbedingung zur Heirat auffassten. Und ich wurde schwanger.

Zu meiner Bestürzung musste ich feststellen, dass der Vater des Kindes aber nichts unternahm, um eine Eheschließung in die Wege zu leiten.

Ob ich aber ein Kind allein erziehen, das Gerede der Leute hinter meinem Rücken über die Lehrerin mit dem unehelichen Kind ertragen, der Arbeit in der Schule nachgehen, die Hofarbeiten mit den Pferden leisten und den Verpflichtungen an der Hochschule nachkommen konnte, das konnte ich mir nicht vorstellen. Ich hatte offensichtlich den Spruch der Schwetzinger Moschee »In den Sommertagen sei der Ameise gleich« zu ernst genommen und mir mit viel Fleiß zu viel aufgebürdet. Die Situation schien mir über den Kopf zu wachsen.

Ich hatte auch keine Hoffnung, dass mir ein Gespräch mit Hellmut, Siggi oder meiner Mutter helfen konnte. Für meine Mutter wäre ein uneheliches Kind gewiss eine Schande gewesen. Deshalb sagte ich ihr nichts von der Schwangerschaft.

Stattdessen dachte ich daran, meinem Leben ein Ende zu setzen.

Ich fuhr eine Straße im Odenwald entlang, die ich gut kannte. Mit Volltempo wollte ich auf einen großen Betonpfeiler fahren. Wie von einer unsichtbaren Hand wurde ich zurückgehalten.

Meine Gedanken klarten auf. Ich drehte um und fuhr wieder nach Hause. Ich hatte danach nie mehr in meinen Leben den Wunsch, mein Leben selbst beenden zu wollen.

Im vierten Schwangerschaftsmonat hatte ich eine Fehlgeburt.

Nach der Fehlgeburt durfte ich ein paar Tage im Krankenhaus bleiben, um mich zu erholen. Der Chefarzt gab mir ein Buch in die Hand über »Nahtod-Erlebnisse« und das Leben nach den Tod. »Sie sind stark genug, so ein Buch zu lesen«, meinte er. Ich tat wie geheißen und lernte die »geistige« Welt kennen von einer mir noch unbekannten Seite.

Als ich nach Hause kam, sah ich Schuhabdrücke von Männerschuhen und Stöckelschuhen auf dem Weg zum Pferdestall. Der Vater des Kindes hatte sich nicht einmal die Mühe gemacht, diese Spuren zu beseitigen. Da erkannte ich, dass es gut war, kein Kind mit diesem Mann groß zu ziehen, und beendete die Beziehung.

Wie hätte ich mich schützen können? Heute denke ich: Meine Mutter hätte, wenn sie den Mann getroffen hätte, seine Wankelmütigkeit wohl eher als ich gesehen und mir von der Beziehung abgeraten. Wahrscheinlich hätte ich aber nicht auf sie gehört. Mein Bruder hätte ihm auf den Zahn fühlen können. Ich hätte gleich von Anfang an Rückgrat haben, mich nicht auf seine Vorbedingungen einlassen und genauer auf die Charaktereigenschaften des Auserkorenen schauen sollen.

Neue Lebens- und Denkweisen entstehen

Nach der Lektüre des Buches über das Leben nach dem Tod suchte ich weitere Antworten im Judentum, da ich in der für mich ältesten Religion die authentischsten Aussagen vermutete. Bei einem Rabbiner durfte ich ein Seminar belegen, besuchte die Synagoge und hörte viel von Traditionen. Das war nicht, wonach ich suchte.

Der Wechsel meiner Lebenseinstellung wurde beschleunigt durch einen herumliegenden Prospekt in einer Telefonzelle in Würzburg. Die Aufzählung von ethischen Grundsätzen auf diesem Handzettel fand ich widerspruchslos und las diese Zeilen immer wieder:

- *Die Menschheit in ihrer Vielfalt muss als Einheit betrachtet werden.*
- *Alle Menschen müssen selbstständig nach Wahrheit suchen.*
- *Gott offenbart sich in allen zeitlich aufeinander folgenden Religionen.*
- *Es gibt entsprechend der jeweiligen Zeit verschiedene soziale Gebote.*
- *Religion muss die Ursache der Einigkeit unter den Menschen sein.*
- *Religion muss mit Wissenschaft und Vernunft übereinstimmen.*
- *Frau und Mann haben gleiche Rechte.*
- *Vorurteile jeglicher Art müssen abgelegt werden.*
- *Weltfriede muss verwirklicht werden durch menschliches Bemühen.*
- *Weltfriede braucht Religionsfrieden und Anerkennung der Gleichwertigkeit aller Menschen.*
- *Kinder müssen die beste geistige und moralische Erziehung erfahren.*

- *Die soziale Frage muss gelöst werden durch Engagement für sozialen und wirtschaftlichen Ausgleich.*
- *Es soll nur eine einzige Sprache zur Verständigung geben.*
- *Es muss eine Einheitsschrift eingeführt werden.*
- *Es muss in Zukunft einen Weltgerichtshof geben.*

Diese Prinzipien waren zentrale Aussagen und Forderungen einer Religion, nicht der ethische Katalog irgendeiner Philosophie. Interessanterweise lernte ich nun, dass Religionen zu verschiedenen Zeiten entstanden, in ihren Aussagen über den Schöpfergott gleich sind, aber entsprechend der Zeit und Kultur, in der die Religionen entstanden, verschiedene soziale Gebote haben.

Ich wollte die Richtigkeit dieser mir unbekannten Religion herausfinden und fuhr zusammen mit dem Prospekt in der Tasche an meinen Geburtsort in die Wesermarsch. Dort fastete ich das erste Mal in meinem Leben, aß und trank nur vor Sonnenaufgang und nach Sonnenuntergang. Während dieser Tage in meinen Osterferien sortierte ich ungestört meine Gedanken. Soviel ich mich auch besann, ich fand keinen Fehler oder Widerspruch in diesen geistigen Prinzipien.

Was ich aber nicht wollte, war, einen Angehörigen dieser Religion kennen zu lernen oder an Veranstaltungen teilzunehmen. Ich wollte nicht von anderen Menschen überzeugt oder belehrt werden. Ich wollte eigenständig nachdenken.

Schließlich warf ich in den gelben Briefkasten meines Geburtsortes eine Postkarte. Darauf stand, dass ich mich dieser Religionsgemeinschaft anschließen wollte. Dann teilte ich meine Entscheidung dem Großvater mit. Seine Reaktion war überraschend, denn er las mir folgendes Zitat vor: »Wahre Freiheit besteht in der Unterwerfung des Menschen unter Gottes Gebote, auch wenn dies die Menschen nicht verstehen. Würden die Menschen befolgen, was aus dem Himmel der Offenbarung auf sie herab gesandt wurde, so erlangten sie vollkommene Freiheit.«[6] Das waren starke Worte. So etwas hatte der Großvater mir noch nie vorgelesen.

In unserem Gespräch rühmte er auch den Islam, mit dem er sich ebenfalls gut auskannte. Der Religionsstifter meiner neuen Religion, die aber *nach* dem Islam entstanden war, hatte einen Namen, den ich zögerte auszusprechen, da ich mir mit der Aussprache nicht sicher war. Ich ging davon aus, dass irgendwann mir jemand die richtige Aussprache beibringen würde.

Ich begann, die Schriften dieses Religionsstifters regelmäßig zu lesen. Oh, es gab so viele Bücher von diesem Offenbarer! Zunächst las ich in der »Ährenlese«, aus der mein Großvater zitiert hatte und das in seiner Bibliothek stand. Ich dachte erst, dass da der Autor wohl bei Augustinus abgeschrieben habe, dann verglich ich den Text mit den «Confessiones« und stellte fest, dass dem nicht so war.

Ich bemühte mich, neue Eigenschaften zu entwickeln wie vertrauenswürdig, ehrlich, freudig und geduldig zu werden, gastfreundlich, vorurteilslos und gerecht zu sein, über niemanden schlecht zu reden, immer auf das Gute in jedem Menschen zu sehen und mich noch mehr für das Wohlergehen meiner Mitmenschen einzusetzen.

Jetzt war ich auch bereit, andere Mitglieder dieser Gemeinschaft kennenzulernen, die sich *Bahá'í* nannten. Es gab in meiner Gegend tatsächlich einige Bahá'í-Jugendliche, hauptsächlich Studenten. Ich empfand sie recht normal und unkompliziert. Sie waren unaufdringlich, planten Aktivitäten wie Radtouren, mochten meine Pferde und schätzten es, wenn sie den Platz in meinem Haus nutzen durften für Jugendtreffen, Geburtstagsfeiern oder zum Lesen.

Ich fand es angenehm, dass es bei den Jugendtreffen der Bahá'í kein demagogisches Anfeuern gab und kein hysterisches Anhimmeln von wichtigen Menschen so wie bei den Versammlungen von Chandra. Bei aller Freundlichkeit und Engagement blieben die jungen Leute ruhig, sachlich und distanziert. Sonst hätte ich von den Bahá'í gewiss wieder Abstand genommen, weil meiner Meinung nach das überzogene Verhalten von Fans, egal ob Sportfans, Musikfans oder Fans einer Gesinnung zu Fanatismus führt.

Überhaupt wurde meine Gastfreundschaft gerne angenommen. Das Haus wurde fast jeden Tag besucht von neuen Freunden, Schülern, Nachbarn und sogar Schülereltern und Kolleginnen. Mit den Kolleginnen traf ich mich einmal im Monat zum Kaffeeklatsch. Das stärkte unseren Zusammenhalt und verhinderte Probleme, bevor sie auftauchten. Manchmal war ich mir allerdings nicht sicher, ob bei meinen Besuchern die Pferde im Mittelpunkt des Interesses standen, sie mein selbst gebackenes Brot essen, bei mir Hausaufgaben erledigen oder tatsächlich mit mir reden wollten.

Es gab viel Neues für mich zu tun. Weil die Situation für die Bahá'í im Iran – immerhin dort die größte religiöse Minderheit – sich zunehmend verschlechterte, war es dringend notwendig, politische Entscheidungsträger zu informieren. Ich bekam die Möglichkeit, in der Main-Tauber-Region Gespräche mit Abgeordneten zu führen und Material über die Menschenrechtsverletzungen zu überreichen. Folgendes war vorgefallen: Im August 1983 kündigte die Islamische Republik des Iran ein gesetzliches Verbot aller administrativen und gemeinschaftlichen

Aktivitäten der Bahá'í-Gemeinde an. Die iranischen Bahá'í hielten sich an das Verbot, wurden aber trotzdem weiter systematisch diskriminiert. Mitglieder des Nationalen Geistige Rates der Bahá'í wurden verhaftet und hingerichtet. Weitere Verhaftungen, Folterungen und Hinrichtungen nahmen landesweit zu. Grund dafür war die Vorstellung, dass die Aussagen und Lebensformen der nach dem Islam entstandenen Religion Gotteslästerung seien und bestraft werden müssten. Da diese Auffassung der westlichen Vorstellung von Koexistenz verschiedener Religionen widersprach, reagierten die meisten Regierungen auf die Verfolgungen im Iran mit Mitgefühl und brachten ihre Besorgnis über die Situation zum Ausdruck. Die westdeutsche Bundesregierung und die Europäische Gemeinschaft prangerten in dieser Zeit mehrfach die Menschenrechtsverletzungen an den Bahá'í in Resolutionen und Depeschen an.

Ich lud nun zu Hause zu regelmäßigen Gesprächskreisen ein, zu Themen wie: »Einheit in der Vielheit – Was sagt die Genetik?«, »Wie werden wir friedensfähig?«, »Fortschritt trotz oder mit Religion?« und »Paradies auf Erden – das wollte doch auch Karl Marx!«

Im Hof vor meinem Pferdestall gestaltete ich über die Bahá'í-Religion einen Informationsstand, was gewisse Auswirkungen hatte. Eine Nachbarin informierte den katholischen Würzburger Bischof und meine Aktivitäten wurden in der Kirchenzeitung mit einem langen Artikel sowohl wohlwollend als auch kritisch kommentiert. So bekam ich die Gelegenheit, bei der Nachbarin einiges klarzustellen.

Eigentlich verstand ich sie nur zu gut. Die Nachbarin hatte mitbekommen, dass Ma Prem Chandra den Jugendlichen einen freizügigen Ringelreigen angeboten hatte, was von den Dorfbewohnern sehr skeptisch beobachtet wurde. Die Menschen waren froh, dass die »Jugendverführerin« das Dorf verlassen hatte. Die Nachbarin entschuldigte sich schließlich für ihr übereiltes Verhalten. Sie sei lediglich besorgt gewesen, dass auch ich Kinder und Jugendliche fehlleiten könnte.

Ich lud nun alle Schülereltern zu mir nach Hause ein und erklärte den Eltern meine neue Lebensauffassung. Ich stellte die Prinzipien des Glaubens vor und erklärte, wie sich diese Prinzipien auf den Umgang mit Kindern auswirken könnten. Die Eltern dankten mir für meine Offenheit und sprachen mir einstimmig ihr Vertrauen aus.

Das Schöne an dieser Zeit war, dass eine junge Frau unter den Besuchern war, die sich der Bahá'í-Religion ebenfalls anschloss. Ursula war eine sehr selbstständige junge Dame, die nur einen Impuls brauchte, um sich auf ihre eigenständige Suche zu begeben. Da sie bei einem Zeitungsverlag in Würzburg ein Praktikum machte, konnte sie bei mir wohnen.

Von nun an gestalteten wir die Gesprächskreise gemeinsam. Oft lasen Ursula und ich am Abend zusammen in einem Buch. Sie hatte sich das Buch von Gloria Faizi »Fire on the Mountain Top«[7] ausgesucht. Zusammen besuchten wir auch einmal ein »Ein Wochenende für die Seele« bei dem engagierten Bahá'í-Ehepaar Theo und Antonia Schoenaker in der Rhön.

Als Ursula eine Arbeitsstelle auf Sylt fand, blieb unsere Freundschaft trotzdem bestehen. Wir telefonierten oft miteinander und besprachen unsere Zukunftspläne, da Ursula sich keine Zeit mehr lassen wollte mit Heiraten und Kinderkriegen.

Unter den vielen Besuchern in meinem Haus war auch der ruhige Marko Darius, der wie ich schon ein paar Mal in seinem jungen Leben umgezogen war. Seine persischer Vater war für Erdölraffinerien tätig, seine Mutter stammte aus Stuttgart. In Deutschland wollte Marko Darius sich nur mit seinem deutschen Vornamen anreden lassen. Marko besuchte mich an Wochenenden und es entwickelte sich eine romantische Beziehung zwischen ihm und mir. Er kam sogar mit mir in die Schönfelder Schule mit und begeisterte die Kinder mit Zauberkunststücken.

Das war endlich ein Mann, mit dem sich alles gut anfühlte: im Winter am Kaminfeuer sitzen mit Freunden, gemeinsam kochen, er konnte gut reiten. Wir stellten uns gegenseitig den Eltern vor, machten Pläne für die Zukunft, richtige »Pionierpläne« nach Papua New Guinea in die Südsee. Ich verschenkte meine Pferde und begann, meinen Haushalt aufzulösen. Aus den Eheringen meiner Urgroßeltern durfte ich bei einem Goldschmied für Marko und mich Eheringe anfertigen lassen.

Es gab auf meiner Seite den aufrichtigen und innigen Wunsch, etwas Sinnvolles zu tun und einer großen Sache dienen zu wollen. Weil ich alles richtig machen wollte, erklärte ich Marko, dass ich vor unserer Heirat eine eigene Pilgerreise machen mochte. Ich nannte es Pilgerreise, weil es meine Absicht war, meinen Glauben zu vertiefen, für die Zukunftspläne zu beten und mit dem Gefühl von Dankbarkeit für ein bisher gutes Leben wichtige religiöse Orte aufzusuchen.

Marko war einverstanden, brachte mir vor meiner Abreise noch bei, wie man den Namen des Religionsstifters unserer Religion mit wohlklingender Betonung aussprach – »Bahá'u'lláh« – und lies mich nach Tel Aviv fliegen. Dort angekommen konnte ich in Jerusalem innerhalb von Stunden zu Fuß zu wichtigen Orten der Juden, Christen und Muslime gehen: zur Klagemauer, zur Grabeskirche und zur Al-Aksa-Moschee. Ich war überrascht, was ich erlebte: In der Kirche zankten sich Menschen und kreischten laut, in der »Via Dolorosa« stand eine Touristenbude nach der anderen, und man wurde ständig belästigt, Souvenirs zu kaufen. Auch vor der Klagemauer gab es großes Gewimmel. Männer und Frauen mussten sich getrennt in Wartelisten eintragen. Einzig in der Al-Aksa-Moschee war es ruhiger und besinnlicher, der einzige Ort in Jerusalem, wo ich mich für einige Momente ins Beten vertiefen konnte, bevor ich aufgefordert wurde, die Moschee zu verlassen.

Nach zwei Tagen nahm ich einen Bus zum See Genezareth, sah einige Relikte aus der Geschichte in Kapernaum – das Geplärr aus den Lautsprechern in Jerusalem hatte aufgehört. Wasser und Sonne brannten auf der Haut. Ich konnte es gar nicht abwarten, endlich den Bus nach Haifa zu nehmen. Drei Tage lang hielt ich mich in Haifa und Akká auf, und was soll ich sagen, es war überwältigend. Welch ein Unterschied zu Jerusalem! Ich ging in Haifa zu Fuß zu den persischen Gärten, wie sie genannt werden. Dort erlebte ich nie vorher gekannte Schönheit und Ruhe, verzaubernde Blütendüfte, Besinnung, Freude und eine fast unbeschreibliche Harmonie.

Ein Kuppelbau im oberen Teil der Gartenanlagen wirkte in seiner schlichten und zugleich majestätischen Schönheit wie eine Krone. Dieser Kuppelbau wird der »Schrein des Báb« genannt. Die Räume im Schrein sind zugleich Gebetsstätten für die Gläubigen. Vor der Schwelle zur Grablege des Báb und jene daneben von ‘Abdu’l-Bahá fand ich zum ersten Mal in meinem Leben im Gebet vollkommenen Fokus, Ruhe und Zufriedenheit.

Der Blick vom Schrein des Báb über die Bucht von Akká verband das Blau des Meeres mit dem Grün der Bäume. Er ließ mich am Ende der Bucht das nahe Akká und im Garten Bahjí den Schrein Bahá’u’lláhs vermuten. Im Schrein Bahá’u’lláhs wurde ich ohnmächtig, das erste Mal in meinem Leben. Ich brach einfach zusammen und mein Bewusstsein entschwand in eine andere Dimension. In diesem Zustand sah ich das Gesicht meines Großvaters. Ich hörte eine Stimme: »Geh deinen Weg«. Was das zu bedeuten hatte, konnte ich mir noch nicht erklären. Als ich wieder zu mir kam, sprach ich viele Gebete und ließ die besondere Atmosphäre dieses Ortes auf mich wirken. Glücklich und voller Freude flog ich zurück nach Deutschland.

Zu Hause angekommen, sprang Nachbars Kater Felix mir entgegen. Ich öffnete den Briefkasten, ein Brief von Marko lag darin. In schöner Schreibschrift teilte er mir mit, dass er keine gemeinsame Zukunft mit mir wünschte und sich auch nicht mehr mit mir treffen wollte. Autsch – das tat weh.

Ich erfuhr auch, dass Opi während meiner Pilgerreise gestorben, einfach eines Nachts friedlich in den Armen meiner Großmutter eingeschlafen war und nicht mehr aufwachte. Offensichtlich hatte mich Opi im Schrein Bahá'u'lláhs mit strahlendem Gesicht aus einer anderen Welt gegrüßt und mir die Anweisung gegeben, »meinen Weg zu gehen«. Das ist zumindest mein Erklärungsversuch, dort sein Gesicht gesehen zu haben.

Von meinem früheren Verlobten Jojo bekam ich ein einfühlsam verfasstes Kondolenzschreiben. Er teilte mir mit, dass er inzwischen geheiratet hatte und jetzt zwei Kinder erziehe. Ich schrieb ihm zurück, aber ob er verstand, was ich meinte? Ich erzählte ihm von der Einheit der Menschheit – jedenfalls meldete er sich nicht mehr wieder bei mir. Vielleicht hielt er mich immer noch für so verrückt wie damals, als ich mich von ihm trennte.

Wie hätte ich das Scheitern der Beziehung mit Marko verhindern können? Ich war wieder ganz ernsthaft gewesen und wollte alles richtig machen, gute Pläne und Ziele haben. Es fällt mir heute noch schwer, das einzuordnen. Vielleicht lag es gar nicht an mir. Vielleicht hat sich Marko der Verantwortung einer Ehe und der neuen Lebensaufgaben noch nicht gewachsen gefühlt oder seine Eltern hatten ihre Meinung über mich geändert. Das Fazit: Es war schmerzhaft und brachte mein gesamtes Gefühlsleben durcheinander. Weil ich an meinem Lebensmittelpunkt im Schönfeld ohnehin begonnen hatte, den Haushalt aufzulösen, und die Pferde schon in anderen Ställen standen, beschloss ich, den Neuanfang allein zu machen.

Es gab zum Schuljahresende eine wunderschöne Abschiedsfeier in einer Jagdhütte und mit den Kollegen aus dem Nachbarort. Wir Lehrer sangen gemeinsam viele Lieder und genossen die selbst gebackenen Torten. Da war so viel innige Verbundenheit, dass ich mit einem lachenden und einem weinenden Auge aus dem Ort wegging, in dem ich zehn Jahre meines Lebens verbracht hatte.

Voller Dankbarkeit blicke ich auf diese zehn Jahre in Schönfeld zurück. Ich hatte in diesen Jahren viel gelernt, vor allem neue Denk- und Lebensweisen angenommen. Ich war wie eine Ameise in ihren Sommertagen und staunte, welche Auswirkung ein einziges Zitat auf mich hatte. Ich war eine junge Frau in ihren Sommertagen, die die elektronische Berieselung in der Freizeit nicht kannte, aber mit Freude bereichernde Aktivitäten mit anderen Menschen unternahm.

Mit Marina, die immer noch in Schönfeld lebt, habe ich spekuliert, was aus mir geworden wäre, wenn ich den Ort nicht verlassen hätte. Marina meinte neulich, als sie mich anrief: »Ich finde es toll, was du alles in deinem Leben gemacht hast. Mein Leben dagegen ist recht langweilig.«

»Marina, ich weiß nicht, ob ich mich nicht auch in Schönfeld genauso entwickelt hätte, wie ich es an anderen Orten tat. Die Schule ist ja aufgelöst worden. Ich hätte von Schönfeld aus an andere Orte zum Arbeiten fahren müssen. Schönfeld hat durch die Eingemeindung auch den Namen geändert, genauso wie mein Geburtsort.

»Das Schulhaus ist innen noch genau so, wie es in deiner Zeit war, Carla, es wird jetzt als Versammlungsraum für die Gemeinde genutzt.«

»Und ich hätte vielleicht einen Lehrer geheiratet, wäre im Main-Tauber-Kreis geblieben, entweder Großmama und Eltern zu mir nach Schönfeld genommen oder wäre zu ihnen nach Wertheim zurückgezogen, ins Haus meiner Mutter. Früher oder später hätte ich aber wohl doch Schönfeld verlassen. Und ich vermute, meine geistige Entwicklung wäre ähnlich verlaufen.«

Ortswechsel und sozialistische Denkweisen

So wurde ich Leiterin einer Wirtschaftsakademie in Bad Mergentheim. Die Akademie wurde bei der Eröffnung vom damaligen baden-württembergischen Wirtschaftsminister Martin Herzog »Swabian Harvard Business School« benannt. Ziel der Akademie war die Förderung mittelständischer Unternehmen in strukturschwachen Regionen von Baden-Württemberg. Meine Aufgabe war es, Kurse für Führungskräfte zu organisieren. Dafür konnte ich deutschlandweit einen Einblick in Unternehmen bekommen, die ich zuvor nur aus der Werbung kannte. Ich lernte einen neuen temporeichen Lebensstil kennen.

An eine interessante Begegnung in Stuttgart erinnere ich mich noch heute taggenau. Es wurde dort am 29. Januar 1986 eine große Feier ausgerichtet zu Ehren von Berta Benz unter dem Titel »100 Jahre Frau und Auto«. Als Gastrednerin war die bekannte Germanistik-Professorin und Kommunikationsberaterin Gertrud Höhler geladen. Für einige Sekunden stahl ich ihr die Schau, da ich zu spät kam und die Besucher des Festsaales – alles Männer – sich für einen Moment nach mir umdrehten.

Nach ihrem brillanten Vortrag über »Weibliche Weltbewegung« kam die Professorin auf mich zu und lud mich zu einem Bummel ein. Als wir in einem Kaffeehaus in der Königsstraße Halt machten, bewegte sie beim Reden temperamentvoll ihre Arme, sodass ihre unzähligen Schmuckarmbänder und drei Ringe unübersehbar wurden. »Meine liebe Freundin«, begann sie, »in der Welt, in der wir uns bewegen, muss man teure Dinge tragen und sich einen exzellenten Kleiderstil leisten. Das ist so, sonst wird das, was man sagt, nicht als wertvoll und wichtig erachtet. Sie tragen nur einen Ring am Finger, was bedeutet das Symbol?«

»Die untere Linie soll die Menschheit und die Welt der Schöpfung darstellen, die obere Linie symbolisiert die Welt Gottes und die mittlere Linie die Welt der Offenbarer. Gemeint sind damit die Gottesboten wie zum Beispiel Moses, Christus, Mohammed und Bahá'u'lláh. Alle drei Ebenen sind voneinander getrennt. Die vertikale Linie aber ist das Wort Gottes, das alle Ebenen miteinander verbindet. Das Wort Gottes gelangt durch die Offenbarer zur Menschheit.«

»Oh, das ist eine wunderbare Erklärung. So habe ich das noch nicht gesehen. Das gefällt mir sehr. – Kommen Sie, lassen Sie uns jetzt etwas Schönes für Sie suchen. Sie haben lange Beine, ich werde rote Stöckelschuhe für Sie suchen. Das wird dann in Zukunft ihr Markenzeichen bei Ihren Auftritten in der Öffentlichkeit.«

Wenig später besuchte ich eine Festveranstaltung eines Automobilkonzerns mit Ferdinand Piëch als Hauptredner. Piëch betonte, dass Unternehmensführung der Kriegsführung gleichkomme, wenn sie erfolgreich sein soll. »Ich habe in meinem Salzburger Haus die japanische Lebensweise eines Samurai gelebt«, erzählte er dem Publikum. »In einem japanischen Bett geschlafen, meditiert wie ein Japaner, denken gelernt wie ein Japaner und dann zugeschlagen, der japanischen Autoproduktion ihre Grenzen gezeigt. Man muss seinen Feind genau kennen und dann besser werden als der Feind.«

Nach diesem Vortrag wurde mir regelrecht schlecht. Ich stieg in mein Auto und fuhr nach Hause. Jetzt brauchte ich von dieser Managerwelt Abstand. Ich plante eine Reise. Ich wollte unbekannte Kulturen entdecken, vielleicht in Kasachstan, Tadschikistan oder der Mongolei, aber im Reisebüro wurde ich überredet, in die »Sozialistische Volksrepublik Albanien« zu fliegen. Mir wurden alle Vorzüge genannt, in diesem damals abgeschlossenen Land Urlaub zu machen: leere, saubere Sandstrände an der Adria ohne Massentourismus und organisierte Ausflüge mit dem Bus ins Geheimnis umwitterte Landesinnere. Ich entschloss mich zu einer Gruppenreise.

Mein Bruder Siggi gab mir vor dem Abflug Anweisungen, wie ich mich verhalten müsse. »Äußere niemals kritische Worte und sei dir bewusst, dass die Hotelzimmer abgehört werden. Ihr werdet als Freunde des Landes empfangen werden und solltet euch immer höflich und zurückhaltend verhalten. Also, lass dich nie auf eine politische Diskussion ein, mache keine Witze, kleide dich ordentlich und lass die roten Stöckelschuhe zu Hause.«

Das erste, was mir am Strand in Albanien auffiel, waren die glücklichen Gesichter der Albaner, vor allem beim »Giro«, dem Schlendern früh morgens und am späten Nachmittag am Strand. Selbst wenn ich für die Einheimischen nicht sichtbar war, weil ich mich hinter einem Vorhang des Hotelfensters versteckte, hörte ich Lachen und fröhlich plaudernde Stimmen, auch wenn ich noch nicht ihre Sprache verstand.

Da ich auch bei der Rundreise immer wieder fröhliche Menschen sah, fragte ich mich, ob das mit dem politischen System zusammenhinge, was damals »Marxistisch-Leninistischer Sozialismus« genannt wurde. Ich erfuhr von den Begleitern meiner kleinen Reisegruppe, dass alle Einwohner des Landes ein Anrecht auf einen Arbeitsplatz hatten. Es stand folglich jedem nahezu die gleiche Menge Geld als Entlohnung zur Verfügung. Es gab keinen Wettbewerb, Kredite waren unbekannt. Am Arbeitsplatz wurden auch die Kleinkinder der Arbeitskräfte betreut.

Die Reisegruppe durfte ein Textilkombinat besuchen. Wir ausländische Besucher wurden in den Saal geführt, wo alle Frauen eifrig nähten. Als sich hinter uns die Glastüren wieder schlossen, hörte das Geratter der Nähmaschinen auf und die Näherinnen plauderten fröhlich. Diese Damen hatten offenbar keinen Stress bei der Arbeit. Ein großes Plakat bescheinigte, dass die Produktionsziele des Kombinates übererfüllt waren.

In jeder Wohnung gab es das gleiche Kühlschrankfabrikat, die wenigen notwendigen Möbel waren alle mit dem gleichen honigfarbenen Holzfurnier bezogen. Jeder Haushalt hatte das gleiche Fernsehgerät, mit dem man das Staatsfernsehen in Schwarz-Weiß empfangen konnte. Die Damenkleider sahen elegant aus und offensichtlich waren sie selbst genäht. Mehr Eigentum gab es nicht. Niemand besaß ein Haus, ein Auto oder Land, aber alle Menschen hatten Arbeit.

Mir wurde erzählte, dass es so gut wie keine Scheidungen gab, und meistens der jüngste Sohn mit Frau und Kindern bei seinen Eltern lebte. Altersheime waren unbekannt. Zum Wegfahren nahm man ein Fahrrad oder benutzte den Bus. Schwarze Dienstwagen sah ich sehr selten. Die Menschen waren alle schlank, Übergewichtige sah ich nicht. Nahrungsmittel schien es zu geben, Brot, Käse, Joghurt, Gurken, Tomaten, Zwiebeln, Kartoffeln, Melonen, Zitrusfrüchte und gelegentlich Fleisch, aber keine Coca-Cola. Ich fragte mich, ob die in der Öffentlichkeit gezeigte Zufriedenheit dadurch entstand, weil alle dasselbe besaßen, die Menschen sich miteinander vergleichen konnten und kein Neid aufkam. Am schönen Wetter allein konnte es ja wohl nicht liegen.

Klement, der Schwiegersohn des langjährigen Staatsführers Enver Hodscha, stand eines Abends uns ausländischen Besuchern für Fragen und Antworten zur Verfügung. In perfektem Englisch erklärte er, warum in der Verfassung des Landes alle religiösen Organisationen und das Ausüben einer Religion verboten seien.[8]

Er betonte, dass die Volksrepublik Albanien das erste atheistische Land der Welt sei. Dass es so weit gekommen sei, habe folgende Gründe: In der Vergangenheit hätten Religionen wie das Christentum oder der Islam in ihrer Anfangszeit zwar gesellschaftliche Veränderungen und Verbesserungen verursacht. Im Laufe der Zeit führten die anfänglich fortschrittlichen Bewegungen indes zu religiösen Vorurteilen und zu rückständigen Bräuchen. Diese Rückständigkeit habe die Unterdrückung der Menschen und vor allen die Unterdrückung der Frauen verursacht. Im letzten Jahrhundert hätte zumindest die Bábí-Bewegung einen revolutionären Einfluss auf die Gesellschaftsveränderungen in Persien ausgeübt. Ihre mutige Heldin Tahere sei ein Vorbild für das Rollenbild der Frauen in der Zukunft.

»Genosse Klement«, erlaubte ich mir, zu fragen, »woher kennen Sie die Bábí-Bewegung und Tahere?«

»Mein Schwiegervater Enver Hodscha lebte von 1930 bis 1936 in Frankreich, unter anderem in Paris. Dort bekam Genosse Enver in der Nationalbibliothek die Literatur über die Bábí-Bewegung im Iran in die Hände. Mehr kannst du in seinem Buch ›Betrachtungen über den Nahen und Mittleren Osten‹ lesen.«[9]

Klement zog das Buch des Staatsführers aus einer dicken Aktentasche und überreichte es mir. Er fuhr fort: »Heutzutage brauchen die Albaner zur Entwicklung des neuen Menschen im Sozialismus nicht mehr die Religion. Zur Erziehung des neuen Menschen gehört die Bekämpfung alter Traditionen und Mentalitäten. Der neue albanische Mensch muss einfach sein, einfach leben und sich einfach verhalten. Zu dieser Erziehung gehören sozialistische Einstellungen, Denk- und Lebensweisen, die sich von den alten radikal unterschieden.«[10]

Noch konkreter wurde Klement leider nicht. Er verabschiedete sich und bestieg eine schwarze Limousine mit Chauffeur. Ich hätte ihn gerne gefragt, woran es liegt, dass die Produktionspläne immer erfüllt werden, und warum im Sozialismus das Planen so sehr betont wird.

Was nicht ganz in das Bild der heilen Welt passte, waren vergitterte Fenster, eine Schule, in der deutsche Lehrer unterrichteten, ein Villenstadtteil in der Hauptstadt, der abgeriegelt war, die Erlaubnis zum Reisen ins Ausland nur für Privilegierte und der heimliche Empfang von italienischen Fernsehsendungen in den Orten an der Adriaküste. Mir fiel auch auf, dass die würdevollsten Versammlungen die Beerdigungen waren. Sehr viele Menschen bezeugten dem Verstorbenen die letzte Ehre, und es kam mir vor, dass gerade ältere Frauen die Augen schlossen zum stillen Gebet.

Gesellschaftliche Umbrüche

Meinen Eltern gefiel meine Umtriebigkeit nicht. Es wäre der Mutter lieber gewesen, wenn ich in Badisch Sibirien geblieben wäre. Auch ihr wurde aber klar, dass die Zeit des Vermittelns und Arrangierens endgültig zu Ende war.

Onkel Hellmut und Tante Siglind wollten genau wissen, was ich in dem nur zwei Flugstunden entfernten Land an der Adria erlebt hatte. Gerne besuchte ich sie in Basel, stand Rede und Antwort, zeigte Fotos, berichtete auch von meiner Israel-Reise und gab Hellmut die Farbbild-Kamera zurück, die er mir ausgeliehen hatte.

Auf der Rückfahrt erweckte Freiburg meine Begeisterung.

Dieses Gefühl, »hier bist du richtig«, wenn man einen Ort das erste Mal sieht, hatte ich in meinem Leben gleich zweimal hintereinander, in Tirana und in Freiburg. Ich fuhr mit Blick auf den Schwarzwald das Dreisamtal entlang, nahm mir ein Hotelzimmer und fand sofort eine wunderschöne Wohnung mit Blick auf den Hausberg, den Schauinsland. Die Wohnung bezog ich aber noch nicht, denn erst zog es mich wieder nach Albanien.

Ich wollte mehr erfahren über dieses kleine Land mit seinen wilden Bergen, den klaren Seen und der endlos langen Meeresküste. Der herbe Charme der Hauptstadt Tirana mit ihrem riesengroßen Platz, um den sich Gebäude mit italienischen Stilelementen säumten, war offensichtlich. Eine Großstadt ohne Nachtleben, Bars und Diskotheken; stattdessen gab es Familienrestaurants und Cafés, ein Staatstheater mit brillanten Schauspielern und Sängern, hinreißenden Folklore-Tänzern und einem exzellent ausgestatteten Kulturpalast mit Stil und Eleganz wie jedes andere große Kongresszentrum in Europa.

Im darauffolgenden Sommer reiste ich wieder dorthin und nochmals im Frühling zur Zeit der Mandelblüte. Für meine Reisen brauchte ich ein Visum und konnte wie immer nur in einer Gruppe reisen, welche von einem Dolmetscher und einem Reiseleiter begleitet wurde.

Ich stellte fest, dass das Land mehr und mehr von Hunger und bitterer Armut gebeutelt wurde.

Dann kam der Mauerfall, über dreitausend Albaner stürmten das Gelände der deutschen Botschaft in Tirana, weitere Zehntausende wollten das Land verlassen und kurz darauf wurde die Statue Enver Hodschas, der schon 1985 gestorben war, vom Sockel gestoßen. Das war wohl endgültig das Zeichen zum Aufbruch in eine neue Zeit. Es gab erste pluralistische Wahlen. Die Partei der Arbeit siegte noch ein letztes Mal.

Nun konnten Albaner ein Besuchsvisum für Deutschland bekommen – so wie Arben, einer meiner Reiseführer, der seine Freunde in Deutschland besuchte. Sie redeten ihn übrigens mit »Ben« an. Auch mich besuchte Ben kurz.

Zu diesem Zeitpunkt lag mir immer noch Ferdinands Piëchs Vorstellung von Unternehmensführung als »Kriegsführung« schwer im Magen. Ich war genau vom Gegenteil überzeugt. Nur eine vertrauensvolle und ehrliche Zusammenarbeit war für alle Seiten von Nutzen. In dieser Situation hatte ich das große Glück, mit dem ehemaligen Unternehmensberater George Starcher in Chamonix zusammen zukommen. Mit ihm und anderen Experten gründeten wir das *European Bahá'í Business Forum (EBBF)*. Ziele des Forums waren und sind:

- *Menschen in ihrem Arbeitsumfeld zu ermutigen und positive Veränderungen herbeizuführen;*
- *Werte wie Ehrlichkeit, Zuverlässigkeit, Kooperationsfähigkeit und Offenheit zu verkörpern;*
- *zu einer prosperierenden, nachhaltigen und gerechten Zivilisation durch Dienen am Arbeitsplatz beizutragen und*
- *Beispiele zu zeigen, wie Gemeinsamkeit und Kooperation zum Erreichen von Unternehmenszielen führen*

Im Mai 1992 wurde ich vom Botschafter Deutschlands in Tirana gefragt, ob ich eine Veranstaltung organisieren könnte, um das westliche Wirtschaftssystem zu erläutern. Der ungarische Philosoph Ervin Laszlo, ein Mitbegründer des *Club of Rome*, übernahm die Schirmherrschaft für diese erste westliche Großveranstaltung in Albanien. Zusammen mit dem EBBF konnte ein Wirtschaftssymposium zum Thema »Einführung in die Marktwirtschaft« organisiert werden. Eine Delegation von siebzehn Experten bot im Kongresspalast über vier Tage hinweg Vorträge, Gesprächsrunden und Seminare an.

Während der Zeit des Symposiums wurde ich von Arbens Eltern in deren Haus zu einem Kaffeetrinken eingeladen. Als ich dort ankam, war die ganze Familie im Wohnzimmer. Es wurden mir unendlich viele Fragen gestellt und eine Cousine übersetzte die Fragen ins Englische: ob ich mir eine Transformation der albanischen Gesellschaft vorstellen könne und wie sie vonstattengehen sollte, ob es einen Ausgleich von Arm und Reich geben werde oder was das wichtigste Kennzeichen der Marktwirtschaft sei, wie Familien im Ausland lebten, wie die Verwirklichung sozialer Prinzipien realisiert werden könnten und so weiter und so fort – sehr interessante Fragen.

Diese wachen Menschen hörten mir genau zu. Ich musste mir nicht überlegen, wie ich ihre Aufmerksamkeit bekam, mir keine rhetorischen Kniffe überlegen. Es waren mehr als zwei Stunden konzentriertes Zuhören auf allen Seiten, genaues Nachfragen und der Wunsch nach Erklärungen.

Danach wurde ich von dem Direktor des Stahlkombinats aus der Stadt Elbasan gebeten, bei ihm in der Stadt einen Vortrag zu halten. Auf dem zentralen Platz in Elbasan hatten sich rund fünfzigtausend (!) Menschen versammelt, um zum ersten Mal einer Person aus dem Westen live zuzuhören. Ich fragte auf Englisch: »Wollt ihre etwas Neues hören?« Und die Menge antwortete begeistert: »Ja!«

Dann sprach ich darüber, dass wir Menschen eigentlich nicht ohne Religion leben könnten, aber in der heutigen Zeit ein »Update« notwendig sei. Ich sprach über die Einheit der Menschheit und die Einheit der Religionen. Ich erwähnte auch, dass die Menschen in Albanien mit den Begriffen »Einheit« und »Neuer Mensch« eigentlich schon vertraut seien, jetzt aber ein geistiges Update bräuchten. Ich erwähnte in diesem Zusammenhang die wesentlichen geistigen Prinzipien der Bahá'í-Religion. Und die Reaktion der Menschen? Sie klatschten. Ich stieg von dem Podest, legte das Mikrofon zur Seite. Viele Menschen kamen zu mir, machten Fotos und stellten Fragen, vor allem diese: »Kannst du mir helfen, ein Visum nach Deutschland zu bekommen?«

»Habt ihr keine Fragen zu meinem Vortrag?«

»Das klang schon alles ganz richtig, aber wir wollen jetzt wenigstens nach Italien!«

Hatte ich so schlecht gesprochen? Hatte der Dolmetscher mich falsch übersetzt? Kein einziger von ihnen fragte, ob er bei dem Aufbauwerk der Bahá'í mitmachen könnte. Heute muss ich an Albert Schweitzers Mahnung denken: »Die meisten Menschen ziehen den Wein zurück, wenn Gott ihnen Wein einschenken will!«

Es war die Zeit, als durch den Fall des Eisernen Vorhangs die Hoffnung auf eine »Neue Weltordnung« die Gemüter erwärmte und der Song »Wind of Change« ständig übers Radio zu hören war. Die Möglichkeiten einer Neuen Weltordnung und die Bedeutung von »Perestroika« und »Glasnost« waren Themen auch in den Diskussionen der Albaner über ihre Zukunft – aber nicht in Verbindung gebracht mit dem großen Thema Religion.

Der Winter wurde sehr kalt und es gab ständig Stromausfälle oder genauer gesagt: Es gab wochen- und teils monatelang überhaupt keinen Strom. Ich konnte nicht ins Ausland telefonieren. Das bedeutete Kommunikationslosigkeit mit meiner Familie. Aber auch auf alltägliche Dinge musste ich verzichten wie Duschen und Haarwäsche. Ich konnte meine langen Haare erst nach vier Wochen in einem Hotelzimmer an der Adria waschen.

Weil es auch kein Heizöl gab, wurden die letzten Alleebäume gefällt und zum Heizen verwendet. Dann kam die Schreckensmeldung von Premierminister Ylli Bufi: »Wir haben nur noch für sechs Tage Brot.« Diese Nachricht führte zu Überfällen auf Brotfabriken, weil es buchstäblich nichts mehr zu essen gab. Aber auch das überlebte ich. In dieser Situation nach Freiburg zu fliegen, schien mir feige.

Arbens Eltern, seine Schwester und ich lebten von der amerikanischen Hilfslieferung, hatten sechs Gläser Erdnussbutter und Brot aus dem Laden in der Botschaftsstraße zu Hause. Aus dem Vorgarten hatten wir noch ein paar selbst angebaute Tomaten und Zwiebeln. Immer wieder tönte aus dem Radio »Felicita«, gesungen von Al Bano und Romina Power.

Zufrieden war ich dennoch. Ich hatte ein Dach über dem Kopf bei Bens Eltern, ab und an eine Kleinigkeit zu essen, dreimal am Tag lief aus dem Wasserhahn frisches, trinkbares Wasser. Ich hatte ein Bett mit warmer Bettdecke und alle halbe Stunde rannte ich tagsüber die Treppe rauf- und runter, damit mir nicht kalt wurde.

In dieser Situation konnte ich leicht Albanisch lernen, fast wie ein Kleinkind: Arbens Mutter sprach mit mir nur Albanisch. Ich wiederholte, was sie sagte, und es dauerte etwa drei Monate, bis ich mich einigermaßen verständigen konnte. Es war die erste Sprache, die ich lernte, ohne Grammatikregeln zu pauken. Ich wollte mich unbedingt auf Albanisch verständigen können, um Missverständnisse zu vermeiden, besonders wenn es um geistige Dinge ging. Ich hoffte, doch noch den geistigen Wein reichen zu können, von einer »Neuen Weltordnung« zu berichten und nicht ständig angegangen zu werden, die Ausreise von Albanern zu ermöglichen.

Ich entdeckte auch einen Maler, der so malen konnte, wie ich es gerne gekonnt hätte: Llazar Myzeqari, für mich der Emil Nolde des Südens und einer der berühmtesten Namen der albanischen Kunstszene. Llazar malte ausdrucksstark mit sonnigen Farben des Südens ohne Grautöne. In dieser Zeit änderte sich meine Lieblingsfarbe, es war nicht mehr türkis, sondern rot. Ich entdeckte auch einen neuen Lieblingsgeruch, den Geruch der Mimosen, der bis heute mein Lieblingsduft geblieben ist.

In dieser stromlosen Zeit verstarb mein Vater, ohne dass man es mir mitteilen konnte. Die Telefonverbindung blieb extrem instabil. Erst viele Wochen danach wurde ich in die deutsche Botschaft gerufen, wo man mir die Sterbeurkunde überreichte.

Zweiseitige Ergebnisse

Mein Cousin Tobias meldete sich zu Wort. »Carla, ich habe damals wirklich nicht verstanden, warum du nach Albanien gegangen bist und wie du es geschafft hast, dort so lange zu bleiben. Oder hat man dich einfach gut dafür bezahlt, in ein so unzivilisiertes Land zu gehen?«

»Also, Tobias, in Deutschland ist das anders geregelt als bei euch in der Schweiz. Ich wurde nach meinem Staatsexamen die gesamte Zeit vom Kultusministerium in Baden-Württemberg bezahlt. Nach Albanien wurde ich als sogenannte deutsche »Senior Expertin« entsandt, was bedeutete, dass von deutscher Seite aus sogenannte »Entwicklungshilfe« geleistet wurde. Also, ich wurde immer anständig, aber nicht übermäßig bezahlt. Und ich habe es dort solange ausgehalten, weil mir das Land gefiel und weil ich eine sinnvolle Aufgabe hatte. Ich fand Albanien überhaupt nicht unzivilisiert. Einer der bedeutendsten europäischen Schriftsteller, Ismail Kadare, ist Albaner. Es gibt herausragende Architekten und Ärzte, und erst die Maler, Tobias, ich habe noch nie so viele ausdrucksstarke Maler gesehen wie in Albanien.«

»Mir kam das damals vor wie Verrat, Carla.«

»Verrat woran und an wem?«

»Verrat an der Familie, wir haben nicht mehr viel von dir gehört. Ich hatte Angst um dich.«

»Tobias, ich habe der Mami und deinen Eltern Briefe geschrieben. Ganz oft sogar Telegramme geschickt. Das funktionierte bestens. Ich musste nur in ein Hotel gehen und an der Rezeption einen Text für ein Telegramm abgeben. Wie gesagt, das Telefonieren klappte nicht so gut von privaten Telefonen aus.«

»Oh, dann hab ich das nicht mitgekriegt. Carla, eine Frage habe ich noch, zur Musik natürlich. Welche Musik gefiel dir zu deiner albanischen Zeit?«

»Die albanische Volksmusik. Dort war es so, dass das Singen zum Leben gehörte. Ich saß manchmal in einem Auto, das Autoradio war ausgeschaltet und alle Insassen sangen. Die Frauen sangen beim Kochen und beim Putzen. Die Kinder sangen natürlich viel in der Schule und auch meine Studenten liebten es zu singen. Mein Lieblingslied war damals ›Lule Bardhe‹. Du kannst es dir mal auf YouTube anhören, da wird dir dein Herz schmelzen. Lasst mich euch aber weiter berichten, Tobias.

Ich hielt erst in englischer Sprache an der Wirtschaftsfakultät der Universität Tirana Vorlesungen und Seminare, dann im darauffolgenden Semester in Albanisch. Die jungen Menschen waren hauptsächlich daran interessiert, wie der Wechsel von der »Planwirtschaft« zur an Konkurrenz orientierten »Marktwirtschaft« stattfinden könnte. Immerhin kannte die Mehrheit der Menschen seit zwei Generationen nur die Planwirtschaft und deren Ergebnisse.

Als ich anfing, in Tirana zu arbeiten, kam es wegen der katastrophalen Wirtschaftslage zur Massenflucht von Albanern nach Italien und Griechenland. Tausende schipperten mit Bottichen oder besetzten Schiffe, um über die Adria ihre Zielländer zu erreichen.

In dieser instabilen Zeit kam nach Barry erneut ein Hund in mein Leben. Ich wollte ja nach ihm eigentlich keinen Hund mehr haben, aber angesichts der Armut im Land war die Anwesenheit eines möglichst großen Hundes vorteilhaft, denn mit der Sicherheit war es nicht mehr so gut bestellt wie in der Zeit der totalitären Überwachung. Viele ausländische Projektleiter wurden beraubt und überfallen. Mir passierte nichts dergleichen, es gab allerdings auch keine deutsche Flagge vor meiner kleinen Wohnung, keine Wache am Eingang, nur einen großen Hund aus Deutschland mit Namen ›Rocky‹.

Rocky war jetzt mein Personenschutz. Der Hund begrüßte alle Besucher freundlich, ließ es aber nicht zu, dass Dinge aus dem Haus entfernt wurden. Rocky hatte das nicht in einer Hundeschule gelernt. Es entsprach offensichtlich seiner Natur, mit den Menschen in einem Rudel zu leben und aufzupassen. Auch meine Studenten fühlten sich sicherer, wenn Rocky mit ihnen im Hörsaal saß.

Ich vermute, dass meine Kollegen und die Stundeten die ersten waren, die den Slogan ›Think global, act local‹ von mir hörten. Man begann in der Tat, sich umzuhören, was Albanien auf dem Weltmarkt anbieten konnte. In einer südalbanischen Stadt kam es zu einem Seminar mit dem gleichen Titel. Ein Jahr nach dieser Lehrveranstaltung erzählten mir die Albaner stolz, dass man die Weltmarktsituation erforscht und festgestellt habe, dass es auf dem pharmazeutischen Markt einen großen Bedarf an Arzneimittel-Kräutern gebe und die Nachfrage sehr viel größer als das Angebot sei. Deshalb habe man beschlossen, Cannabis anzubauen und bereits einen guten Umsatz gemacht. Ich war sprachlos, was hatte ich da nur angerichtet! Deshalb jetzt besser Themenwechsel.

Nun sollte ich an der Wirtschaftsfakultät in Tirana Vorlesungen über ›leistungsorientierte Bezahlung‹ halten. Das Wort für den Begriff ›Leistung‹ war zu meiner Zeit in der albanischen Sprache unbekannt.

Wenn es ein Wort in einer Sprache nicht gibt, so gibt es meiner Meinung nach auch nicht die der Bedeutung des Wortes entsprechende Aktion oder Einstellung. Leistung wurde nur mit ›outputi‹ umschrieben, aber die Input-Output-Vorstellung war sehr mechanisch, also führte ich kurzerhand das Wort ›performanca‹ ein, mit Definition natürlich. So kam dann folgende Rückmeldung der Studenten: ›Alles richtig erklärt, Zysha‹, so nannten sie mich als Professorin, da Zysha die Kurzform für ›profesoresha‹ ist, ›ich habe mit dem, was ich bei Ihnen gelernt habe, Erfolg gehabt. Danke, Zysha!«

Auch Rocky freute sich, als meine Mutter und ihr neuer Lebensgefährte Hermann sich trauten, uns in Albanien zu besuchen. Mami und Hermann waren sichtlich beeindruckt von der Gastfreundschaft, der Aufmerksamkeit und der Offenheit der Menschen um mich herum. Da Ermano, wie er dort genannt wurde, auch fließend Italienisch sprach, kam er schnell mit allen Menschen ins Gespräch. Beide wurden an der Wirtschaftsfakultät vom Dekan zum Essen eingeladen, als es sich herumsprach, dass ich Besuch aus Deutschland hatte.

›Carla hat Spuren hinterlassen‹, sagte der Dekan den deutschen Besuchern. ›Sie hat sogar unser Hochschulrahmengesetz neu verfasst. Wir können uns jetzt endlich auf Augenhöhe mit Universitäten in anderen Ländern verständigen.‹ Wobei ich hinzufügte: ›Unsere Hochschulen in Deutschland existieren seit mehr als achthundert Jahren, da kann man nicht mehr viel reformieren. Aber hier konnten wir einen wirklich zeitgemäßen Neuanfang machen.‹

Mami und Ermano verstanden nun, warum es mich immer wieder nach Albanien zog. Sie genossen sichtlich die schönen Orte, den Blick vom Berg Dajti zur Adria, das Flanieren auf dem Boulevard der Hauptstadt und das feine Essen in ehemaligen Klöstern. Sie mochten Bens Eltern auf den ersten Blick, auch wenn es natürlich mit der Verständigung nicht so klappte, aber sie sahen, dass ich in ordentlichen Verhältnissen lebte. Ben war jetzt nämlich auch nach Tirana gekommen und machte meiner Mutter folgenden Vorschlag: ›Wenn du möchtest, Mami, kann ich eure frühere Firma wiedereröffnen, in der Hafenstadt Durrës. Dann bliebe der Namen der Firma erhalten. Es gibt dort einige freistehende Hallen und genug Näherinnen, die in Durrës arbeiten könnten.‹

Meine Mutter war gerührt. ›Das ist so lieb von dir, mein Sohn. Aber ich finde, die Zeit ist dafür vorbei. Ich möchte euch beiden dieses stressige Unternehmerleben nicht zumuten.‹«

Aber dann geschah folgender Blödsinn: Die Menschen gingen nicht mehr zur Arbeit, wirklich, sie saßen meistens in Kaffeehäusern und spielten alle mit ihrem Geld eine Art Lotterie. Sie bekamen nach ein paar Tagen nach jeder Geldeinzahlung mehr Geld aus der Lotterie zurück, als sie eingezahlt hatten, was ja erst mal gut klang. Sie machten damit in kurzer Zeit soviel Geld, dass die Menschen meinten, nicht mehr arbeiten zu brauchen. Immer mehr Leute brachten sogar ihr gesamtes Geld, ihre Ersparnisse oder sogar geliehenes Geld zu diesen betrügerischen Anlagefirmen. Und schneller als erwartet kam der Tag, an dem kein Geld mehr ausgezahlt werden konnte. So gut wie alle Bewohner Albaniens hatten nun Geld verloren. Der Traum vom Reichwerden war geplatzt wie eine Seifenblase, denn es war kein Geld mehr übrig, um zwei Millionen Einzahlern etwa dreißig Prozent mehr als den eingezahlten Betrag zurückzuzahlen.

Im Februar 1997 wurde den Menschen endgültig klar, dass sie betrogen worden waren. Die geprellten Sparer machten die Regierung für den Geldbetrug verantwortlich, es kam zu Zusammenstößen zwischen der Polizei und Demonstranten. Der Aufstand erfasste das ganze Land. Wütend stürmten viele Männer Läden, plünderten Waffenlager und nahmen Gewehre mit. Niemand hinderte die Menschen am Stehlen und am sich gegenseitigen Erschießen. In Albanien herrschte dank des Lotterieaufstandes Krieg, Bürgerkrieg und Chaos. Da jetzt jeder Haushalt Gewehre hatte, war Rocky kein Schutz mehr. Die Nachbarhunde wurden der Reihe nach erschossen, das nächtliche Gebelle um mich herum hatte aufgehört, stattdessen hörte man besonders in der Nacht ununterbrochen Maschinengewehre rattern.

Folgende Gebetszeilen waren meine ständigen Begleiter: »Behüte uns vor dem, was vor und was hinter uns liegt, was über unseren Häuptern ist, zu unserer Rechten, zu unserer Linken, unter unseren Füßen und überall, wo wir ungeschützt sind...«

Mitten im Chaos hatten Ben und ich geplant zu heiraten, nachdem unsere Eltern sich kennengelernt hatten und sich sehr mochten. Unsere Trauung fiel zusammen mit der Ausreiseanweisung für alle deutsche Staatsbürger. Am 16. April 1997 landete dann eine sechstausend Mann starke, internationale Armee, um das Land zu befrieden.

Wir hatten eine ›Minimal-Hochzeitszeremonie‹, bekamen aber alle Dokumente ausgehändigt. Zusammen mit Rocky flogen wir mit der letzten planmäßigen Linienmaschine nach Zürich. Es ging zurück nach Freiburg.

Zurück mit Hund

Die früheren Nachbarn in Freiburg waren immer noch da, herzlich nahmen sie uns in die Arme. Ständig mussten wir erzählen, warum es zu diesem Krieg kam und wie das Leben in Albanien so anders war. Durch den Einsatz einer sechstausend Mann starken internationalen Armee im Auftrag der Vereinten Nationen wurden Ruhe und Ordnung wiederhergestellt.

Ben stelle sich in einem Fernsehinterview den Fragen der Journalisten.

»Wir haben diese Spezialisten für Geldvermehrung nicht nach Albanien eingeladen. Diese Betrüger hatten wegen der Naivität und Unerfahrenheit der Menschen mit der neuen Wirtschaftsordnung ein leichtes Spiel. Man hat einfach alles geglaubt, was Ausländer sagten, eben weil man zuvor nichts mit Ausländern zu tun gehabt hatte. Aber wir haben die jungen zarten Pflanzen eines neuen Denkens zu einem Zeitpunkt gesetzt, als es noch Idealismus und große Hoffnungen auf eine neue Weltordnung gab. Typisch für diese Zeit ist der Song ›Wind of Change‹. Diese Veränderungen im Denken und Handeln der Menschen werden nachhaltig sein. Es wird nur viel zu wenig darüber berichtet, weil die Welt sich noch nicht für positive Nachrichten interessiert. Ich bin mir sicher, dass in der Zukunft Historiker das noch genauer recherchieren werden.«

Toll formuliert, dachte ich. Ben sprach übrigens perfekt Deutsch, wir unterhielten uns fast immer in deutscher Sprache, nur wenn jemand nicht verstehen sollte, worüber wir redeten, sprachen wir auf Albanisch.

Als in Albanien die Sicherheit wieder einigermaßen hergestellt war, pendelte ich zwischen Freiburg und Tirana hin und her. So flog ich für Kurzzeitprojekte nach Tirana, Ben und Rocky blieben in Freiburg. Unter anderem wurde ich von Staatspräsident Rexhep Meidani gebeten, eine Veranstaltung zu organisieren zu dem Thema »Der Beitrag der Religionsgemeinschaften in Albanien zum Frieden«. Die Führer und Oberhäupter aller Religionsgemeinschaften versammelten sich an einem sogenannten »Runden Tisch«.

Die Oberhäupter der in Albanien vertretenen Religionen wagten mutige, öffentliche Aussagen zum Frieden und Zusammenleben der Menschen mit unterschiedlicher Religionszugehörigkeit, und Präsident Meidani war sehr zufrieden mit dem Ergebnis. Der Staatspräsident meinte, die ganze Welt kritisiere Albanien, aber wenn es um den Beitrag der Religionen zum friedlichen Zusammenleben gehe, sei Albanien beispielhaft für die Welt. Die Welt sollte das wissen und das albanische Beispiel sehen.

Ich war ehrlich gesagt nicht so enthusiastisch wie der Staatspräsident, sah eher eine pragmatische Einstellung der Menschen zu den Religionen, der »Wein« wurde angenommen, wenn es im Gegenzug einen »Austausch von Dienstleistungen« oder ein Geschenk gab,wie ein goldenes Kreuz oder eine monatliche Zahlung eines Geldbetrags.

Bei einem Gespräch am Runden Tisch sprach mich der muslimische Hodscha von Tirana an: »Wir Religionsmanager treffen uns fast jede Woche, essen und trinken zusammen und erzählen uns Witze. Willst du mal einen Witz hören?«

Na klar, ich wollte einen Witz hören.

»Also, ein Rabbiner, ein Jesuit und ein Hodscha gehen zusammen fischen auf dem Ohrid-See. Als es Zeit zum Frühstück ist, steht der Rabbiner auf, sagt ein Gebet, läuft über das Wasser ans Ufer, kommt zurück über das Wasser und hat einen Picknickkorb dabei. Zur Mittagszeit macht der Hodscha dasselbe und bringt leckere Lasagne mit. Es wird Zeit für die Abendmahlzeit. Der Jesuit wird nervös, fällt nieder auf die Knie, bekreuzigt sich, spricht ein Gebet, bekreuzigt sich noch einmal und macht dann einen Schritt aus dem Boot. Plumps, er fällt ins Wasser und taucht nicht mehr auf. Da sagt der Rabbiner zum Hodscha: ›Wir hätten unserem Freund zeigen sollen, wo die Steine im Wasser sind!‹.«

Ben und ich hatten eine intensive Zeit zusammen, nicht die tägliche Routine, fast jeder Tag war anders. Wir reisten nach Südfrankreich, lernten, die Schleusen am Canal du Midi zu bedienen. Ein besseres Training für uns, um Zusammenarbeit zu lernen, hätte ich mir nicht vorstellen können. Wir konnten die neue Währung, den Euro, im Elsass bei Gesang, Tanz und Sauerkraut feiern, das war für uns wieder ein weiterer Schritt zur Einheit der Nationen.

Wir bekamen leider keine Kinder. Das war wohl Schicksal.

So viel steht fest, wenn ich Mutter geworden wäre, hätte ich andere berufliche Entscheidungen getroffen. Eine wichtige Aufgabe der Ehe ist es ja, Kinder zu erziehen. Dieses Geschenk wurde uns aber nicht gewährt.

So konzentrierte ich mich auf mein Fachgebiet der Personalentwicklung in Tirana, einem Bereich, in dem meine Erfahrung aus der Pädagogik, der Entwicklung von Lehrplänen und der Betriebswirtschaft zusammenkamen. Es gab auch einen ständigen Bedarf an Ausbildungsplänen seitens der deutschen Entwicklungshilfe, weil jede Unterstützung von deutscher Seite immer mit Weiterbildung, auch von einzelnen Personen, verbunden war.

An einem Wochenende fuhren Ben und ich nach Weimar, um uns acht Stunden den »Faust« anzuschauen. Acht Stunden im Theater! Mein bleibender Eindruck war, dass Ben die ganze Zeit vergnügt im Theater durchhielt und Rocky brav im Hotel die Zeit verbrachte. Für mich war das Leben des Doktor Faustus aber schon lange überholt, es sagte mir nichts Neues mehr.

Dann hatten wir ein unvergesslich lustiges Treffen mit Mami und Hermann in einem Basler Restaurant. Die beiden kamen gerade aus Sardinien zurück und luden uns zum Mittagessen ein. Ich spürte, dass die beiden uns etwas Wichtiges mitteilen wollten, aber Ben und ich hatten so viel auf dem Herzen, dass die »Oldies« einfach nicht zu Wort kamen.

Endlich, beim Dessert, ergriff Ermano das Wort: »Wir wollen euch etwas sagen. Wir wissen, wir hätten euch vorher um euer Einverständnis fragen sollen, wir haben geheiratet in Sardinien, aber wir fragen euch jetzt: Seid ihr mit unserer Heirat einverstanden?«

Natürlich waren wir es, und Ermano war der beste Vater, den man sich wünschen konnte. Ich hatte einen immer gut gelaunten, humorvollen und dichtenden neuen Papa bekommen. Ich war so glücklich für meine Mutter, denn endlich konnte sie unbeschwerte Tage verbringen, was ihr in ihrer Jugend und als junge Frau nicht vergönnt war.

So besuchten wir die beiden in Füssen, im Festspielhaus Neuschwanstein genossen wir das Ludwig-Musical, eben alles, was dieser Ort des Märchenkönigs zu bieten hatte. Da stellte ich fest, dass Mami nicht mehr den Berg hinauflaufen konnte. Sie musste mir versprechen, in Wertheim sofort ihr Blut untersuchen zu lassen.

Nach der Rückkehr nach Wertheim kam kein Anruf von ihr, nur ab und an telefonierte Mami mit Ben. Kein Anruf im November und im Dezember, dann die Nachricht: »Ich habe in der Silvesternacht eine Bluttransfusion bekommen, alles in Ordnung, die Anämie ist behandelt.«

Ben bekam eine gute Stelle in Tirana und wohnte wieder bei seinen Eltern. Ich blieb mit Rocky in Freiburg, um in der Nähe meiner Mutter zu sein. So trafen uns Ben und ich oft für ein paar Tage in schönen Orten auf Korfu, im Trient oder in Venedig, und Rocky war immer dabei. Rocky schien wie magisch Abenteuer anzuziehen. In Venedig gab es einen schlimmen Sturm. Der Hund fiel im Canale Grande ins Wasser. Er schwamm ans Ufer, und wir konnten ihn herausziehen. Aber er stank erst einmal schrecklich.

Rocky war immer dabei, wenn wir Mami besuchten. Meine Mutter hatte weiterhin an der immer wiederkehrenden Blutarmut zu leiden. Es bestand die Hoffnung, dass ihre Art von Anämie sich an einem sehr hoch gelegenen Ort bessern könnte, an dem sich rote Blutkörperchen schneller neu bilden konnten. So entdeckten Ben und ich das Matterhorn, reisten nach Sankt Moritz, aber fanden keine passende Klinik zur Behandlung für Mami.

Unfall mit Dachschaden

In Freiburg fing ich mit dem Radfahren an. Ich fühlte mich jung und voller Tatendrang. Auch Rocky lernte, mit mir am Fahrrad den Bohrerbach entlang zu rennen.

Auch wurde ich im Freiburger Forum für interreligiöse Zusammenarbeit aktiv. Vertreter von sechs verschiedenen Religionen trafen sich jede Woche zu Arbeitsgesprächen: Juden, Hindus, Buddhisten, Christen, Muslime und Bahá'í. An Mittwochabenden war das Forum regelmäßig in das Programm der Volkshochschule eingebunden. Die aktiven Mitglieder des Forums waren ständig irgendwo zu Gesprächen eingeladen. Die Gesprächspartner des Forums kamen eigentlich immer zu der Schlussfolgerung, wenn es einen unvorstellbaren, unbeschreibbaren Gott gibt, so gibt es nur einen Gott.

Dieses Leben fühlte sich gut und ausgefüllt an – bis es ein Fahrradunfall schlagartig veränderte. Mein Vorderrad blockierte bei schneller Fahrt auf der Landstraße, ich wurde voller Wucht über den Lenker katapultiert und landete mit dem Kopf zuerst auf dem Asphalt.

Polizei und Krankenwagen waren sofort da. Ich wurde umgehend in das nächstgelegene Krankenhaus auf die Intensivstation gebracht. Rocky war zum Glück versorgt, da ich ihn zur Betreuung im Schwarzwald gelassen hatte. Als ich wieder entlassen wurde, merkte ich, dass etwas mit mir nicht stimmte. Ich wollte wie immer morgens zusammen mir Rocky über die Straßenbahnschienen laufen. Als ich die ankommende Straßenbahn sah, konnte ich meine Schritte nicht abbremsen, so sehr ich auch stehen bleiben wollte. Es war Rocky, der mich mit all seiner Kraft vor der Straßenbahn zurückzog. Ich hatte einen Tunnelblick bekommen, ein eingeschränktes Sichtfeld wie ein Pferd mit Scheuklappen. In einer

Rehabilitationsklinik musste ich erst wieder mit Hilfe spezieller Trainings eine Verbesserung meiner Einschränkungen erreichen.

Die Klinik war nobel eingerichtet, aber ich war mit dem Training und der Behandlung nicht zufrieden. Während einer Visite teilte ich den Ärzten mit, dass ich mit den angeordneten Videospielen auf dem Klinik-Computer meine Beeinträchtigung nicht beheben könnte. Ich bat darum, eine Vorlesung vor Medizinstudenten halten zu dürfen, und die behandelnden Ärzte mochten danach meine Defizite noch einmal neu bewerten.

Die Ärzte gingen auf meinen Vorschlag ein. So stellte ich einen Vortrag und eine Power Point-Präsentation zum Thema »Neuer Anfang in einer Endzeitstimmung« zusammen.

Ich begann mit einem Witz, um sogleich die volle Aufmerksamkeit der Studenten zu bekommen. Folgende Punkte waren mir während meiner Präsentation wichtig: Die Begriffe »Endzeit, Neubeginn und Weltgesellschaftsordnung« sollten definiert werden. Als Zeichen der Hoffnung sollte das gesteigerte Bewusstsein für Fehlentwicklungen wie Rassismus, Nationalismus und ökonomische Entwicklungen erwähnt werden. Auch das wachsende Bewusstsein für eine Weltbürgerschaft war mir wichtig. Dann wollte ich die Studenten für einen Frieden unter den Religionen sensibilisieren. Die Basis unseres Zusammenlebens, so führte ich aus, sollte auf geistigen Prinzipien und Werten neu gelegt werden. Dabei kam es mir vor allem auf die Bedeutung jedes Einzelnen an, der seine Einstellungen und Sichtweisen wandeln müsste. Ich schloss mit einem Bonmot: »Es ist nie zu spät, aber immer höchste Zeit!« Anschließend stellten mir die jungen Leute Fragen.

Ich fragte sie zurück, welche Beeinträchtigungen sie an mir wahrnehmen konnten. »Nee, keine, hm, etwas langsam gesprochen, sonst nichts, war kurz und klar, was Sie sagten.«

Danach ging es mit einem veränderten Training weiter, jetzt in der Logopädie, um mein Sprechtempo zu verbessern. Die Logopädin meinte: »Nehmen Sie auf keinen Fall die Tabletten vom Arzt, sie werden damit nur ruhiggestellt und werden willenlos.«

Ich befolgte ihren Rat – und wünschte von den Ärzten eine andere medizinische Behandlung. Sie sollte speziell auf meine Hirnleistungsdefizite ausgerichtet werden, da ich doch noch zu allem in der Lage war, was ich auch vor dem Unfall konnte. Ich hatte lediglich mit einem eingeschränkten Blickfeld und mit einer verlangsamten Reaktion zu kämpfen – und in den roten Stöckelschuhen konnte ich auch nicht mehr sicher gehen. Das war aber auch alles. Niemand sah mir den Unfall an, die Verletzungen im Gesicht waren korrigiert.

Allmählich wurde ich bei den täglichen Arztvisiten ungeduldig und bat darum, MRT-Schnittbilder meines Gehirns erstellen zu lassen. Man sagte mir zu, sich um einen Termin für eine Magnetresonanztomografie zu kümmern, gab mir aber auch zu verstehen, dass ich nicht genug Ahnung von Medizin hätte, um meinen Zustand beurteilen zu können.

Umso wichtiger wurden mir die täglichen E-Mails mit Ben. Wir schrieben uns jeden Tag und planten unser nächstes Treffen. Unsere Vorfreude auf so banale Dinge wie, Croissants an der Autobahntankstelle zu essen oder endlich wieder das Matterhorn zu sehen, war riesig. Wir wollten nach Zermatt reisen und es uns zusammen mit dem Hund gut gehen lassen, ausspannen, wie wir es oft taten.

Im Nachhinein kann ich immer noch nicht verstehen, was dann geschah. Ben war in der Schweiz und auf dem Weg zu mir. Er wollte mich aus der Reha-Klinik abholen, denn ich hatte mich für eine Woche in der Klinik abgemeldet. Er war schon in Zürich, als er eine E-Mail von einem Arzt bekam, worin er lesen musste, dass er nichts mit mir unternehmen sollte. Nach ärztlicher Meinung könnte ich noch keine Reise antreten. Ich sollte mich stattdessen weiter schonen. Als er eine Klarstellung verlangte, teilte man ihm mit, dass ich noch nicht klar denken könnte. Also einfach ausgedrückt, dass ich etwas »gaga« sei. Er nahm schließlich das Flugzeug zurück nach Tirana, ohne mich gesehen zu haben. Einer der Ärzte sagte mir unterdessen, meinem Mann sei etwas dazwischengekommen und er habe seinen Urlaub verschieben müssen.

Dass ein Arzt in mein Leben eingriff, wo ich doch in der Probevorlesung gezeigt hatte, dass ich dem Berufsalltag noch immer nachkommen konnte, ist für mich bis heute unbegreiflich. Ich hätte mich besser über das Leistungsspektrum dieser Reha-Klinik informieren sollen. Aber eine Ranking-Liste von Ärzten, so wie heute, gab es damals noch nicht.

Im Winter wollten Ben und ich uns in Korfu treffen – in Erinnerung an unser erstes Zusammentreffen vor 25 Jahren, als Ben mein Reiseleiter in Albanien war. Dieses Jubiläum wollten wir feiern. Ich musste auf der Fahrt dorthin jedoch wieder umdrehen, weil heftiger Schneefall die Autofahrt zur Fähre nach Korfu nicht zuließ. Das darauf geplante Treffen in Wien kam auch nicht zustande, weil Ben in letzter Minute einen wichtigen Auftrag erhielt.

Ich schlug Ben in einem Brief vor, erst einmal getrennte Wege zu gehen. Wir blieben aber weiterhin per E-Mail in Kontakt und vereinbarten, meiner Mutter nichts davon zu erzählen, da es ihr mittlerweile sehr schlecht ging. Wir wollten sie durch unsere seltsam wirkenden Lebensprioritäten nicht beunruhigen.

Aus dem »Dachschaden« wurde damit eine beschädigte Ehe.

Dass es zwischen Ben und mir auseinanderbröselte, war im Nachhinein betrachtet dem Eingreifen von Personen geschuldet, die eigentlich kein Recht dazu hatten. Hinzu kam sicher auch Bens Gutgläubigkeit, dass Ruhe und Abgeschiedenheit gut für mich seien.

Ich versuchte, im Schwarzwald an einer Grundschule auszuhelfen, wo keiner meine Vorgeschichte kannte. Ich hatte auf eine kleine Gruppe von vier Mädchen aufzupassen und bemerkte nicht, dass zwei von ihnen verschwanden. Da musste ich wohl oder übel meinen Tunnelblick als bleibende Beeinträchtigung annehmen, an der man nichts mehr verändern konnte.

Nachdem Ben und ich gemeinsam darüber beraten hatten, hielt auch ich es für sinnvoller, mich künftig auf Tätigkeiten zu konzentrieren, die nichts mehr mit der Arbeit in Gruppen zu tun hatten. Wir einigten uns ebenso darauf, dass ich in den Schwarzwald umziehen sollte, auch weil ich dann schneller bei Mutter in Wertheim und zur Vorsprache im Kultusministerium in Stuttgart sein konnte. Ich fand im Schwarzwald eine ebenerdige Wohnung, die auch für Rockys Gehprobleme erleichternd war.

Neue Heimat im Schwarzwald

Eines Tages klingelte der Postbote an meiner Schwarzwälder Wohnungstür, um ein Einschreiben aus dem Kultusministerium abzugeben. Er fragte mich, als er die Adresse las: »Wo haben Sie denn den Doktortitel gekauft?« Ich war immer noch schlagfertig und antwortete: »Ach, wissen Sie, auf dem Basar, da muss man nicht viel dafür bezahlen. Aber noch besser ist man in Österreich dran. Da begrüßt einem der Postbote immer mit ›Küss die Hand, Frau Professor!‹« – Nun, das sind Schnöseleien, die man sich als Frau gefallen lassen muss.

Im Schwarzwald fand ich nach dem Aufenthalt in der Rehaklinik eine neue beratende Aufgabe.

Ich kam mit dem Oberbürgermeister von Villingen-Schwenningen ins Gespräch. Wir redeten über mein Lieblingsthema »Einheit und Vielheit der Religionen«. Der Oberbürgermeister meinte, ich solle unbedingt mit dem Geschäftsführer der Landesgartenschau besprechen, wie ein »Garten der Religionen« ausgestaltet werden könne. Und das tat ich dann!

Ich baute ein Modell und verfasste einen schriftlichen Projekt-Entwurf. Mike Tuttlinger, der Geschäftsführer, war begeistert, hatte einige Fragen zu meiner beruflichen Vergangenheit und ließ mich schließlich als Senior-Expertin für seine Pressestelle arbeiten.

Herr Tuttlinger stellte auch Rocky ein. Er wollte den Hund immer im Büro haben. Auf meinen Einwand, dass bei dem vielen Publikumsverkehr die Anwesenheit eines Hundes nicht immer positiv betrachtet würde, wendete Herr Tuttlinger sofort ein: »Solche Menschen will ich erst gar nicht hier haben. Ein Hund stellt sofort fest, wie der Charakter eines Menschen ist.«

Damit war mein Argument vom Tisch. Und was soll ich sagen, er war der beste Chef, den ich je hatte.

Ich hatte intensive Arbeitstage, ohne die Stunden zu zählen, aber Zeit genug, um regelmäßig nach Mami und Papa Hermann zu schauen.

Eine weitere sehr schöne Seite brachte die Zeit im Schwarzwald: Meine Wohnung gestaltete sich mehr und mehr in ein Bahá'í-Zentrum um. Es gab viele Aktivitäten: einmal im Monat ein »Open Tea-House«, ferner Studienkreise, die sogenannten Ruhi-Kurse, dann Kinderklassen,Vertiefungen und Feiertage. In dieser Zeit wuchs die kleine Bahá'í-Gemeinde dank stetiger Neuaufnahmen.

Auch Siglind und Hellmut besuchten mich in dem neuen Zuhause. Siglind sah sich um und meinte: »Hier kann deine Seele wohnen, das tut dir gut.« Natürlich besuchten wir zusammen das Albert-Schweitzer-Haus in Königsfeld. Wir kamen zum Schluss, dass Onkel Berti mit Hellmuts und meinen Lebensentscheidungen sicher einverstanden gewesen wäre.

In meiner Schwarzwälder Bleibe fand ich sogar Gefallen daran, an Montagabenden die Einladung des Nachbarn »Mister Richard« zum Fernsehen anzunehmen. Er suchte einen interessanten Film aus, lud alle seine Freunde ein und anschließend wurde diskutiert. Das war endlich mal eine gute Idee, mit dem Unterhaltungsmedium sinnvoll umzugehen. Sogar Rocky wurde zum Fernsehen bei Mister Richard eingeladen. Rockys Lieblingsfilm war übrigens »Kommissar Rex«. Wenn der Film zu Ende war, suchte Rocky den Rex hinter dem Fernsehgerät. Mister Richards Freunde erklärten mir dann, dass Rocky deshalb den Rex suchte, da bei den Dreharbeiten echtes Hundegebell aufgenommen worden war.

Am Ende einer Erdenreise

Als ich am Sterbebett meiner Mutter saß, schrieb ich einen langen Brief an Ben mit dem Wunsch, wieder einen Neuanfang zu starten. Ich saß im Wohnzimmer in Wertheim, darin stand ihr Krankenhausbett. Mami war sehr bleich geworden und sprach kaum noch. Sie war aber nie allein. Es saßen immer liebe Menschen um sie herum. Ermano las ihr Gedichte vor, fütterte sie, spielte Musik für sie und sprach abends vor dem Einschlafen ein Gebet mit ihr.

Als Rocky ins Wohnzimmer kam, streckte sie ihre Hand aus dem Bett, berührte seinen Kopf, lächelte und sagte leise und voller Freude: «Rocky!« Das waren ihre letzten Worte. Sie schlief ruhig ein und wachte nicht mehr auf.

Hellmut bat mich, Texte zusammenzustellen für die Beerdigungsfeier. Gemeinsam blickten wir noch einmal auf ihren Lebensweg zurück: Ihre Startbedingungen waren in ihrem ersten Lebensabschnitt denkbar schlecht. Sie wuchs mit der Ideologie des totalitären und menschenverachtenden Nationalsozialismus auf. Sie war traumatisiert durch die Schrecken des Zweiten Weltkriegs. Am Ende des Krieges musste sie feststellen, dass die meisten Männer ihres Alters das Kriegsgeschehen nicht überlebt hatten. Die Aufbauphase in der Zeit des sogenannten Wirtschaftswunders war gekennzeichnet durch Streben nach materiellem Wohlergehen. Die Mutter war in dieser Zeit umgeben von vielen Menschen, sie konnte Einfluss nehmen, war im Innersten dennoch allein und voller Zukunftsangst. Die beste Zeit ihres Lebens war ihr letzter Lebensabschnitt, als sie ihren lieben Ehemann Hermann kennenlernte, sie gemeinsam unbeschwerte und glückliche Jahre erleben durften.

Es war vorbildlich, wie Hermann das Eheversprechen umsetzte: «...treu zu sein in Freud und Leid, in gesunden und in kranken Zeiten, zu lieben und zu ehren alle Tage des Lebens.«

Die Beerdigung war Anlass, innezuhalten und über den Sinn des Lebens nachzudenken. Ich las in den Heiligen Schriften: »Alle Menschen kommen von Gott und zu Ihm kehren sie zurück.«

Demnach muss sich der Mensch in dieser auf die jenseitige Welt vorbereiten. In jener Welt braucht man Geistigkeit, Glauben, Gewissheit, Erkenntnis Gottes und Liebe zu Gott. Das alles muss der Mensch in dieser Welt erlangen, damit er nach seinem Aufstieg aus dem irdischen in das himmlische Reich alles, was er für jenes ewige Leben benötigt, bereit findet.

Mit welchen Mitteln kann der Mensch all dies erlangen? Wie soll er diese Gnadengaben und Kräfte gewinnen?

- Erstens durch die Erkenntnis Gottes.
- Zweitens durch die Liebe zu Gott.
- Drittens durch Glauben.
- Viertens durch Werke der Nächstenliebe.
- Fünftens durch Selbsthingabe,
- Sechstens durch Loslösung von dieser Welt
- Siebtens durch Reinheit und Heiligkeit.

Mein Cousin Tobias war mit Siglind und Hellmut zur Beerdigung gereist. Er stellte wie früher viele Fragen: »Carla, diese vielen Worte bei der Beerdigung hören sich hoffnungsvoll und beruhigend an, wie kann ich mir das Weiterleben der Seele in der nächsten Welt vorstellen?«

»Die Menschen können in diesem Leben noch nicht erfassen, wie die nächste Welt sein wird. Wir lernen nur aus den Heiligen Schriften, dass das Weiterleben der Seele in einer wunderschönen Welt geschieht.«

»Ich habe verstanden, dass die Menschen sich in diesem Leben auf das nächste vorbereiten sollen. Wie soll das geschehen, Carla?

»Durch Geistigkeit, Glauben, Gewissheit, Erkenntnis Gottes, Liebe zu Gott. Die Seele muss diese geistigen Eigenschaften entwickeln.«

»Wenn ich das richtig verstehe, dann sind mit ›Seele‹ auch die guten Charaktereigenschaften gemeint, die weiterleben.«

»Ja.«

»Und wie kann ich mir das Weiterleben der Seele nach dem Tod vorstellen?«

»Das wissen wir nicht genau, Tobias. Aber vielleicht hilft dir als Antwort diese Analogie: So wie ein Embryo sich vorbereitet auf das Leben nach der Geburt. Der Embryo entwickelt Augen, Ohren, einen Mund und Organe, die er im Mutterleib noch nicht benutzen kann. Aber in der Welt nach der Geburt braucht der Mensch diese Organe, um zu leben. So wird das Weiterleben nach dem Tod geistig sein und von den guten Eigenschaften und Taten abhängen, die wir bereits in dieser Welt entwickeln.«

»Und wie soll man dem Tod entgegensehen?«

»Wie dem Ende einer Reise. Mit Hoffnung und Erwartung. In der nächsten Welt wird der Mensch sich von vielen Unzulänglichkeiten, unter denen er jetzt leidet, befreit fühlen. Wer durch den Tod gegangen ist, lebt in einer eigenen Sphäre. Die Seele meiner Mutter hat nun einen neuen Zustand erreicht, wo sie den Fesseln des Begrenzten ledig und aus der Welt des Leidens und Schmerzes entlassen ist. Sie setzt ihre Reise woanders fort.«

»Hast du mit der Mami auch über das Sterben und das Leben nach dem Tod geredet? Hast du ihr gesagt, wie man sich auf diese Reise in die nächste Welt vorbereitet?«

»Ja, ich habe es zumindest versucht. Hellmut übrigens auch. Mehrfach. Sie entgegnete mir einmal, dass sie bereits gerettet sei. Und zwar deshalb, weil es in der Familie einen Pfarrer gäbe – deshalb bräuchte sie in ihrem Leben oder in ihrem Glauben nichts ändern. Ich wusste nicht, was ich dazu sagen sollte, und ließ sie in Ruhe. Ich bin mir aber nicht sicher, ob das richtig war. Zumindest können wir für den Fortschritt ihrer Seele beten.«

Das Leben geht weiter

Nach der Beerdigung fuhr ich in die Schwarzwälder Heimat zurück. Auch für Rocky war der letzte Winter gekommen. Es wurde kalt, immer kälter und dann eisig. Rocky hatte keine Lust mehr, im Schnee zu buddeln, was ihm noch vor ein paar Jahren so viel Spaß gemacht hatte.

Auf einmal funktionierten seine Beine nicht mehr. Er konnte nicht mehr stehen oder laufen, auch wenn er mir überall hin folgen wollte. Auch seine Organe funktionierten nur noch langsam. Rocky schlief eines Abends in meinen Armen ein. Atem und Herzschlag hatten aufgehört. Am nächsten Tag wurde sein Körper unter einem Birnbaum begraben.

Wir hatten vierzehn gemeinsame Jahre, in denen ich Hundeverhalten erleben konnte. Rocky war unkompliziert: immer anhänglich, genügsam, aufmerksam und wachsam, ein guter Beschützer in schwierigen Zeiten. Ich wollte keinen anderen Hund mehr aufnehmen.

Nach dem Tod der Mutter teilte mir ihre Hausbank mit, dass sich auf ihrem Konto ein großes Minus angesammelt hatte. Die Ausgaben für ihre Behandlung, zum Teil in Spezialkliniken, hatten ein hohes Minus verursacht. Papa Hermann half mir, die Schulden zu begleichen. Er suchte einen Käufer für das Haus in Wertheim und zog nach Aschaffenburg zurück in seine alte Wohnung. Das half mir fürs Erste sehr.

Jetzt war auch der Zeitpunkt gekommen, nach langem Warten der gescheiterten Ehe eine bürokratische Form zu geben. Ben kam nach Freiburg und wir ließen uns scheiden. Ich fühlte mich erleichtert, normal wie immer und entspannt mit ihm reden zu können. Ich hatte sogar ein großes Gefühl der Dankbarkeit für die vielen guten Jahre, die ich mit Ben verbringen konnte. Ich erfuhr von ihm, dass er inzwischen einen Sohn hatte. Seine erste Priorität war es jetzt, sich um ihn zu kümmern. Wir vereinbarten, per E-Mail in Verbindung zu bleiben und unsere Freundschaft aufrechtzuerhalten.

Ich war jetzt ohne Mutter, ohne Mann, ohne Haustier – nur noch Onkel Hellmut, Papa Ermano und mein Bruder Siggi waren meine familiären Gesprächspartner. Siegwart kümmerte sich sehr um mich, ganz der große Bruder. Wir telefonierten jeden Sonntag. Als ich ihm von der Scheidung erzählte, reagierte er erst einmal unerwartet. Er sang am Telefon mit seiner weichen Stimme in Spanisch einen Tango. Damit hatte ich nicht gerechnet, aber es wirkte beruhigend auf mich. Zu der Scheidung meinte er: »Das ist genau der richtige Schritt, wenn Ben einen Sohn hat, muss er sich an erster Stelle um den Jungen kümmern und ihn erziehen. Ein Kind braucht seinen Vater. Diese Prioritäten sind wichtig. Das musst du verstehen und dich zurückziehen. Freunde könnt ihr ja noch bleiben.«

Herr Tuttlinger, mein Chef, war ein familienorientierter Mensch. Er legte mir dringend ans Herz, mich jetzt um meinen Papa zu kümmern. Er vertraute mir Schreibarbeiten an, die ich auf meinem Laptop erledigen konnte. Ich musste nicht im Büro sein, um zu arbeiten.

Nun verbrachte ich also viel Zeit mit Papa Ermano. Wir sortierten seine Bibliothek, gingen im Spessart wandern oder saßen auf einer Bank am Main. Ermano hatte einen Busch entdeckt, in dem Nachtigallen sangen. Es tat so gut, dem Gesang der Nachtigallen zu lauschen. Ermano erinnerte mich: »Alles Vergängliche ist nur ein Gleichnis.«[12] Wir sprachen über die Nachtigall als das Symbol der liebenden Seele, die einen inbrünstigen Gesang anstimmt, erfüllt von Sehnsucht nach Selbst- und Gottessuche.

Papa las auch meine Texte, die ich für Herrn Tuttlinger schrieb, machte Vorschläge zur Verbesserung oder korrigierte Schreibfehler. Er fand im »Bachstuben verwuchseln« seinen Humor wieder. Er schrieb wieder einige Gedichte, las sie mir vor, veränderte sie. Es war geplant, einen Bildband mit seinen Texten herauszugeben. Einen Vordruck gab es schon.

Eines Tages überraschte mich Papa mit einer Idee: »Carla, du musst wieder auf Reisen gehen. Flieg mal nach Amerika. Ich habe dort zwei Jahre gelebt und nur beste Erlebnisse gehabt, wurde immer anständig behandelt. Du hast doch einen Brieffreund, geh den doch mal besuchen. Ihr schreibt euch immer so lange Epiloge. Nun guck mal, wer das ist, und überhaupt, lern ein anderes Land kennen!«

Ab nach Amerika

Papa Ermano brachte mich zum Flughafen Frankfurt. Am Tag vor meinem Abflug schenke er mir den Ring, den er meiner Mutter zur Hochzeit gegeben hatte. Wir lagen uns in den Armen.

Ich hatte in der Tat mit dem Freund in Amerika und auf sehr traditionelle Art Briefe geschrieben, kein Skype, kein Video Chat, nur mal Fotos von mir geschickt und seine Fotos auf Facebook angeschaut.

Er schien eine ähnliche Vergangenheit wie ich zu haben, war weit gereist in Afrika, hatte kurzzeitig in der sich auflösenden Sowjetunion gelebt, war oft umgezogen und – er hatte dieselbe Religion wie ich. Ich stellte ihm viele Fragen per E-Mail, weil ich mehr über ihn wissen wollte, bevor ich ihn besuchte, Fragen wie:

»Angenommen, du könntest Gott drei Fragen stellen, welche Fragen würdest du wählen? Siehst du das auch so, dass die längste Reise die Reise von Herz zu Herz ist? Ist es wichtig zu wissen, wo das Herz im menschlichen Körper platziert ist?«

Die Antworten wollte er mir lieber bei einer Tasse Kaffee geben, in Las Vegas.

Bei meiner Ankunft am McCarran International Airport war ich dann doch sehr überrascht. Ich erkannte in den Brieffreund keinen anderen als den amerikanischen Soldaten, den ich dreißig Jahre zuvor vor McDonald's in Würzburg getroffen und der mich zusammen mit vier anderen umringt hatte. Er hatte immer noch dasselbe breite Grinsen. Und was für eine Begrüßung! Er überreichte mir einen Strauß weißer Rosen, die ich bis da nur als Blumenschmuck bei Beerdigungen gesehen hatte. Ich sagte aber zuerst einmal nichts davon.

Er brachte mich ins Hotel und danach lud er mich zum Essen ein. Am zweiten Tag zeigte er mir seine Wohnung. Mit seinen eigenen Fragen wurde er sehr ungeduldig, weil er meinte, mich noch nicht gut genug kennengelernt zu haben. Ich dagegen hatte den Eindruck, dass ich ihm noch nicht vertrauen und kein Gespräch auf Augenhöhe führen könnte. Deshalb wollte ich bald wieder abreisen. Er wiederum entschuldigte sich für seine Ungeduld.

In der darauffolgenden Nacht hatte ich einen Traum: Papa und Mami tanzten fröhlich miteinander. Sie hielten sich eng umschlungen. Da hatte ich die Gewissheit, dass Hermann meiner Mutter in das nächste Leben gefolgt war.

Im Traumland von Hellmut und Papa Ermano fühlte ich mich nun sehr allein. Es kam mir vieles sehr fremd vor, einerseits die reiche Stadt Las Vergas, andererseits überall herumhängende Starkstromkabel. Der Boulevard war voller Touristen und Märchenfiguren und die ständige Aufforderung zum Glücksspiel nervte mich. Andererseits traf ich auf gastfreundliche Familien. Mir fiel aber auf, dass niemand beim Fernsehen redete. Alle schauten wie erstarrt auf den Bildschirm. Ich hatte ja nie ein Fernsehgerät besessen und erinnerte mich, dass in Ländern wie Italien der Fernseher immer lief, alle Anwesenden miteinander lachten und diskutierten, aber keiner auf das Fernsehprogramm achtete. Ich besuchte auch das große Bahá'í-Zentrum in Las Vegas und hörte von den Aktivitäten der Jugendlichen. Sie trafen sich oft mit den *native americans* in der Wüste von Nevada.

Mein Gastgeber hatte so wie ich einen seltenen Namen, den sich auch in Amerika niemand richtig merken oder aussprechen konnte, sein Vorname war wohl aus den ursprünglich altspanischen Wörtern »casta« und »hadarrow« zusammengesetzt, also Castadarrow.

Castadarrow bekam mein volles Interesse erst, als ich merkte, dass er sich für die Denkfähigkeit des Menschen interessierte. Das fand ich spannend. Ich hatte immer noch Hellmuts Satz im Ohr »Durch Latein lernst du denken« und auch das berühmte »Cogito ergo sum«.

Eigentlich hatte ich nach meinem Studium ja aufgehört, mich damit zu beschäftigen, welche Denkmodelle am ehesten der Realität entsprachen. Neugierig hörte ich Castadarrows Fragen und Aussagen zu.

»Wenn wir unseren Verstand gebrauchen, ist es uns möglich, die ›Wahrheit‹ zu entdecken und über sie nachzudenken. Aber wie gelangen wir dazu, unseren Verstand zu gebrauchen und denken zu lernen? Warum ist es wichtig, in diesem Zusammenhang über die Seele zu sprechen? Weil der Verstand eine Fähigkeit der Seele ist. Die Seele, um eine Metapher zu gebrauchen, ist die Sonne und der Verstand ist ein Spiegel, in dem sich die Sonne spiegelt. Die Seele hat keine körperliche Existenz, mit der sie verbunden ist. Der Verstand ermöglicht uns, die Absicht des Schöpfers zu verstehen. Wenn wir uns mit dem Sinn unserer Erschaffung beschäftigen, finden wir auch unseren eigentlichen Lebenssinn.

Einer der anderen großen Vorteile dieser Zeit sei die wissenschaftliche Methode. Durch diese Vorgehensweise werde Wahrheit von Falschheit unterschieden. Menschen könnten die Gültigkeit von fast allem selbst herausfinden, meinte Castadarrow. Er trug sich sogar mit dem Gedanken, eine Art Schule zu gründen, die die Menschen befähigt, besser und zeitgemäßer zu denken.

Bei einer Tasse Kaffee in einem Café beantwortete er mir die Fragen, die ich ihm als Brieffreundin gestellt hatte: »Angenommen, du könntest Gott drei Fragen stellen, welche Fragen würdest du ihn fragen?«

»Wenn ich könnte, würde ich Gott fragen, warum ich die Fähigkeit habe, Ihn zu erkennen. Dann würde ich ihn fragen, warum ich beim Beten oft abgelenkt bin, obwohl ich Ihn erkannt habe. Die dritte Frage an Gott wäre, was es bedeutet ein ›reines Herz‹ zu haben, und wie ich das erreichen kann.«

»Siehst du das auch so, dass die längste Reise die Reise von Herz zu Herz ist?«

»Wenn damit die Reise von Gottes Herz zum Herzen der Menschen gemeint ist, so ist das in der Tat die längste Reise.«

»Ist es wichtig zu wissen, wo das Herz, oder was mit Herz gemeint ist, im menschlichen Körper platziert ist?«

»Mit Herz ist die Essenz oder die Realität von etwas anderem gemeint, Herz ist synonym mit dem Begriff ›Seele‹, sie hat zwar eine Assoziation mit dem Körper, ist aber nicht Körper.«

Im Gegenzug fragte er mich: »Was sind die wichtigsten Dinge, die du als Bahá'í gelernt hast?«

»Ich habe als erstes gelernt, dass die Freiheit des Menschen in der Unterwerfung unter Gottes Gebot besteht. Entsprechend der Gebote habe ich die Freiheit zu entscheiden, wie ich handle. Dann begann ich zu lernen, mit meinen Taten anderen Nutzen zu bringen, ihnen zu dienen und Freude zu bereiten. Ferner habe ich gelernt, eigenständig nachzudenken und zu beten.«

Nun war es an der Zeit, sich besser kennenzulernen.

Schon nach drei Wochen stand mein Rückflug an. Ich brachte Herrn Tuttlinger Fotos vom Maskottchen der Landesgartenschau »Mooses« mit Hintergründen aus Las Vegas mit. Er hatte sich auch ein Foto von »Mooses« im Weißen Haus in Washington gewünscht. Ein Foto mit der First Lady bekam ich leider nicht zustande. Stattdessen wurden in Las Vegas die Texte für die Stationen des Rundwegs auf dem Gelände der Landesgartenschau fertig.

Ich lud Castadarrow zu einem Gegenbesuch ein.

Mit Freude zeigte ich ihm in Deutschland das Gartenschau-Projekt und voller Stolz erklärte ich das Konzept, wie rund um die Neckarquelle Sanierungsmaßnahmen zur Verbesserung der Infrastruktur durchgeführt wurden.

Der weitere Reiseweg führte uns zu Hellmut, der hocherfreut war, wieder mit jemandem Englisch reden zu können. Er konzentrierte sich ganz auf das Wohlergehen seines amerikanischen Gastes. Und es war mir sehr angenehm, dass Hellmut und Siglind ihre Meinung über Castadarrow zwar äußerten, aber nicht manipulierend auf mich einwirkten, wie meine Mutter das wahrscheinlich getan hätte.

Nach dieser Besuchszeit entstand bei Castadarrow und mir der Wunsch zu heiraten. Als gemeinsamer Wohnort entschieden wir uns für San Diego in Kalifornien, nahe der mexikanischen Grenze, und fanden auch eine Einzimmerwohnung im Universitätsviertel. Die Hochzeitszeremonie im Bahá'í-Zentrum von San Diego war schön und schlicht. Vor zwei Trauzeugen sprachen wir das Trauversprechen: »Wahrlich, wir wollen alle an Gottes Willen festhalten.«

Diesmal bekam ich rote Rosen geschenkt! Doch verzichteten wir auf kostspielige Feierlichkeiten, das war nicht nach unserem Geschmack.

Unerwartete Schwierigkeiten

Und dann ging es los mit den Schwierigkeiten. Ich wollte an der Universität wieder unterrichten und wurde an der Wirtschaftsfakultät der San Diego State University auch freudig begrüßt. Ich hätte sofort mit Vorlesungen anfangen können, musste aber meine Zeugnisse vorlegen. Doch keines wurde anerkannt, noch nicht einmal das Abiturzeugnis! Nun ja, nicht ganz. Nur gegen Bezahlung einer beträchtlichen Summe wären die Dokumente in Kalifornien anerkannt worden. Ich war dazu nicht bereit. Weder wollte ich gigantische Summen ausgeben, die wir gar nicht hatten, noch Kredite aufnehmen. – Also bei Null anfangen, wie fast alle, die einen Neuanfang in Amerika suchten.

Castadarrow konnte mit seinen lädierten Knien aber kaum noch stehen und laufen, nur noch Autofahren. Also sah ich mich nach einem passenden Projekt als deutsche Senior-Service-Beraterin um.

Das Gute war, dass wir durch die Schwierigkeiten und die Jobsuche viel Zeit für Aktivitäten in der großen Bahá'í- Gemeinde in San Diego hatte. Sie ist eine sehr starke Gemeinde, die so gut wie alles auf die Beine stellen konnte. Viele der Neunzehntagefeste fanden im großen Saal des Bahá'í-Zentrums statt, wo wir auch geheiratet hatten. Und fast jeden Tag gab es Aktivitäten bei Freunden, Gesprächsabende, Vertiefungen, Studienkreise, viele Konzerte, Konferenzen, Programme mit Kindern und Jugendlichen und sehr viele soziale Aktivitäten, zum Beispiel für Obdachlose. In dieser Gemeinde konnte ich erleben, wie groß die soziale Verantwortung der Bahá'í ist und welchen enormen Beitrag zum Wohlergehen der Menschen sie leisten kann.

Castadarrow und ich durften im Bahá'í-Zentrum Vorträge zu Themen halten wie »Die vier Arten der Liebe«, »Seele, Verstand und Geist«, »Kunst und Religion« oder »Unsere Zukunft – Was wird aus unserer Umwelt?«

Eine neu gewonnene Freundin lud mich eines Tages zu einem Kirchenbesuch ein. Dieser Besuch in einer christlichen Kirche war so erstaunlich, dass ich darüber für den Schwarzwälder »Südkurier« einen Zeitungsartikel verfasste. Das sind Auszüge aus dem Südkurier vom 19. Januar 2012:[13]

»Eine Einladung zum Kirchgang steht als nächstes an, eine Freundin lädt zum Frauenfrühstück und zum Gottesdienstbesuch ein, allerdings mit einer Einschränkung: ›Du musst die Arme bedecken und solltest möglich einen Hut tragen‹. Diese Auflagen kennt man ja an vielen Orten dieser Welt. In der Baptisten Kirche im Carmel Valley, einer gut situierten Wohngegend, ist jeder Platz besetzt. Männer haben allerdings keinen Zutritt. Auch die Predigerin ist eine Frau. Ihre Predigt ist sehr witzig und für deutsche Ohren gewöhnungsbedürftig. Fast im Minutentakt wird sie angefeuert, ›Yeah, sister‹, und ihre Bemerkungen über Adam, Moses und Jesus werden beklatscht. Beim anschließenden Frühstück erfährt man, was die Frauen in dieser Gegend denken über Integration, Anpassung, Afghanistan, Mode aus Deutschland und Facelifting: ›Honey, you look great, but you need a haircut if you wanna come again‹ (Schatz, du siehst gut aus, du muss dir aber die Haare schneiden lassen, wenn du wiederkommen willst). Man tauscht E-Mail-Adressen aus, lädt sich ein zu weiteren Aktivitäten. Dass Carla Thompkins keinen Friseur aufsucht nach diesem Erlebnis, ist wohl ein kleiner leiser Protest gegen das Modediktat.«

Und da war auch noch die Bürokratie. Drei Monate nach der Heirat bekam ich eine Arbeitserlaubnis, aber auf deutscher Seite wurden meine Heiratsdokumente nicht anerkannt, obwohl wir auch in San Diego die standesamtliche Trauung durchgeführt hatten. Man stellte mir zwar einen Pass auf den Namen »Thompkins« aus – ich durfte ihn aber nicht in Empfang nehmen.

Also saß ich oft zu Hause und erstellte Lehrpläne für die Universität Taraz in Kasachstan. Denn das deutsche Ministerium für wirtschaftliche Zusammenarbeit und Entwicklung beauftragte mich als langjährige Senior-Expertin, für drei Wochen zu einem Beratungsbesuch nach Taraz zu fliegen. Da ich aber ja keinen aktuellen deutschen Reisepass hatte, mussten die Gespräche mit Taraz über Skype stattfinden.

Castadarrow und ich gaben schließlich beim deutschen Generalkonsulat in Los Angelos eidesstattliche Erklärungen über unser Vorleben ab, ich musste beglaubigte und beeidigte Übersetzungen aus Deutschland vorlegen. Erst nach drei

Jahren Bürokratiezirkus wurde unsere Eheschließung auch von deutscher Seite anerkannt – und auch nur deshalb, weil mein Bruder Siegwart einschritt und dem Theater ein Ende bereitete, indem er einigen Personen in Deutschland klar machte, dass sie ihre Entscheidungsbefugnis weit überschritten hatten.

Dann wurde mein Pass von Deutschland aus weggeschickt und lag tatsächlich eines Tages in unserem Briefkasten in San Diego. Wie gut, dass sich auf dem weiten Postweg sich niemand für den Inhalt des Briefumschlages interessierte, denn der damalige Wert eines deutschem Reisepasses auf dem Schwarzmarkt war hoch!

In Kalifornien war mir neu, dass die meisten Menschen ein informelles Gespräch mit »Love you« beendeten und die Rückantwort erwarteten mit »Love you, too«. Also hörte ich im Durchschnitt zehnmal am Tag »Love you« von zehn verschiedenen Menschen. Wenn man ironisch war, kam zur Antwort »Love me, too«. Außerdem wurde ich von vielen Menschen nicht mit meinem Namen angesprochen, weder mit Vornamen noch mit Nachnamen, sondern mit »Honey«. Was sich so liebevoll anhörte, war oft nur ein gedankenloser Gebrauch von Worten. Ich war auch sehr erstaunt, dort die besten und größten Bio-Supermärkte zu finden, die ich je irgendwo gesehen hatte. Das Essen war schmackhaft, selbst die Pizza. Überall gab es eine unvorstellbare Vielfalt beim Essen, ich habe nirgendwo so viel und so gut gegessen wie in den USA. Dabei hatten die amerikanischen Freunde in meiner Kindheit und Jugend mir immer vermittelt, dass in Amerika nur Ice Cream gut schmeckte.

Ein großes Problem schien der Rassismus zu sein, selbst die Stadtteile in San Diego waren nach Herkunft aufgeteilt. Es gab arabische, mexikanische, schwarze, asiatische und weiße Stadtteile. Wir lebten fürs Erste in einem »weißen« Stadtteil, dem Universitätsviertel. Es war aber nicht gefährlich, einen anderen Stadtteil zu besuchen. Offensichtlich waren dort nur andere Kulturen und andere Gerüche ansässig. So war der arabische Stadtteil sehr sauber mit geschlossenen Fensterläden. Es roch nach Kardamom. Im mexikanischen Teil der Stadt hörte ich viel Gelächter, die Menschen suchte das Gespräch und es roch nach Bohnen.

Unbegrenzte Ausbeutung

Es dauerte etwa drei Jahre, bis ich an meiner Einsatzstelle als deutsche Senior-Expertin voll akzeptiert und ernst genommen wurde. Entsandt wurde ich von deutscher Seite als »Beraterin für amerikanische Angelegenheiten« an einer international agierenden Agentur für »Wissenstransfer«.

Zu Beginn hatte ich große Schwierigkeiten, mit der »Lügenkultur« der Branche umzugehen. Oft wurden mir gegenüber von Kunden Aussagen gemacht, die überhaupt nicht mit der Realität übereinstimmten. Es dauerte leider lange, bis ich das herausfand. Dies war ein weiteres Beispiel für meine Gutgläubigkeit, welche ich teuer bezahlte: Es rief mich ein älterer Herr aus Mexiko an und gab sich als deutscher Adliger aus, der aus steuerlichen Gründen in der Nähe von Tijuana an der Baja California lebe. Er benötige Unterstützung bei der Vorbereitung seiner Geschäftsaktivitäten in den Emiraten und werde mit seinem Privatflugzeug fliegen, Sekretär, Begleithund und Übersetzer dabei haben, brauche aber dennoch ein Training in Sitten, Gebräuchen und einen Mindestwortschatz an höflichen Redewendungen in Arabisch.

Die Geschichte klang in meinen Ohren glaubwürdig. Ich recherchierte zu dem Herrn und fand nichts Nachteiliges heraus. So ließ ich einen auf seinen Bedarf zugeschnittenen Kurs zusammenstellen. Der Herr wollte sofort über Skype starten – nur hatte doch dummerweise seine Sekretärin die schwarze Kreditkarte verlegt. Egal, ich ließ den Kurs beginnen, brach dann die Aktivitäten aber doch ab, als die vereinbarte Leistung nicht bezahlt wurde. Die schwarze Kreditkarte war einfach unauffindbar.

Über Monate hinweg setzte ich alles daran, einen Geldtransfer für die bereits erbrachte Leistung zu bekommen. Vergeblich. Am Ende zahlte ich die 3.800 Dollar aus eigener Tasche. Ich wäre ansonsten gegenüber meinem Arbeitgeber in große Erklärungsnot gekommen, die Aktion mit dem wiederauferstandenen »Baron von Münchhausen« zu rechtfertigen.

Von da an wurde ich im Umgang mit Anfragen vorsichtiger. Zum Glück waren die meisten seriös und von namhaften international Firmen oder vom amerikanischen Militär.

Trotzdem riet ich meinen Freunden, die in anderen Ländern lebten und ihr Heil in den USA sahen, davon ab auszuwandern, außer vielleicht, wenn man aus einem Kriegs- oder Krisengebiet kommt. Mich nervte die amerikanische Überheblichkeit, andere Menschen korrigieren, sich in fremde Länder einmischen zu müssen. Die Zeit ist vorbei, wo man in den USA reich wird, man muss zu viel aufgeben, vor allem die sozialen Bindungen. Und ich lehne es ab, den Freunden und Verwandten etwas vorzulügen, wie erfolgreich man in den USA, wie groß und schön dort alles ist, außer dem Wetter in Kalifornien. Ich denke, viele Auswanderer tun das, weil sie sich insgeheim schämen.

Einmal antwortete ich Ben am Telefon, als er wissen wollte, wie es mir geht: »Ich bin ein glühender Verfechter, Menschen davon abzuhalten, in die USA überzusiedeln. Wenn du nicht reich bist, hast du als Durchschnittsbürger nur die Möglichkeit, wie ein Arbeitssklave ausgebeutet zu werden. Aber die meisten Menschen merken ja nicht, dass sie ausgebeutet werden. Man geht respektlos mit den Menschen um, und es bricht mir das Herz, wenn ich sehe, dass die Alten über achtzig noch arbeiten müssen, an der Kasse eines Supermarktes und schwere Sachen heben, keine Familie und Kinder haben, die sich um sie kümmern. Für viele Amerikaner ist das normal, sie schuften, bis sie sterben. Ich bin froh, Ben, dass es deiner Mutter nicht so ergeht. Überhaupt halte ich die USA schon lange nicht mehr für eine Demokratie, es ist eine Konsumdiktatur und ein Meinungsterror, der über die Medien kultiviert wird – und keiner will es merken. Und diese Privacy! Du darfst niemanden in seiner Wohnung stören oder einen Besuch ankündigen, das ist ein Tabu. Erwarte bloß nicht, dass dich jemand besuchen kommt. In den USA ist in den Wohnungen Grabesstille, die Menschen sind allein mit ihrem Fernseher oder dem Internet.«

»Kannst du die Welt immer noch als ein Land und eine Heimat betrachten?«, fragte mich Ben besorgt.

»Ja, aber manchmal ist es schwer, sich auf eine andere Kultur einzustellen, die eigenen Erwartungen stehen im Weg.«

Auch Hellmut wollte wissen, wie es mir in seinem Traumland erging. Wir skypten oft und häufig musste ich ihm sagen: »Hellmut, das Amerika, das du kennst, gibt es nicht mehr. Die Menschen gehen nicht mehr so aufrichtig miteinander um wie in deiner Jugendzeit. Ich vermisse auch die Hilfsbereitschaft, von der du immer berichtet hast.«

Trotzdem konnten Castadarrow und ich uns mit der Zeit einigermaßen etablieren. Wir mieteten ein Haus mit zwei Zimmern in einem Park in Mira Mesa. Ich fuhr jeden Tag zur Arbeit und versuchte, in meiner Tätigkeit das Gute zu sehen und zu finden. Ich hielt mich allerdings von Menschen fern, die mir unaufrichtige Vorschläge machten.

Natürlich hatte ich nur fünf Tage Urlaub im Jahr, so wie die meisten Amerikaner. Außer an Feiertagen wie dem »Independence Day« arbeitete ich ununterbrochen. Sogar an Weihnachten war es gerne gesehen, wenn man im Büro war, um für potenzielle Anfragen am Telefon erreichbar zu sein.

War meine Arbeit getan, genoss ich die Wärme und Schönheit von San Diego. Wir fuhren manchmal zum Strand oder ich joggte um den Lake Mirama, und dann ging es meistens noch zu einem Bahá'í-Event.

Wir verbrachten auch viel Zeit mit unseren Freunden Stefanie und Thomas. Wir waren entweder samstags bei den beiden zu Hause oder sie kamen einmal in der Woche zu uns. Häufig lasen wir gemeinsam in einer Heiligen Schrift der Bahá'í, dem »Buch der Gewissheit« Bahá'u'lláhs, und sprachen darüber. Thomas hatte sehr viele Fragen zur Bahá'í-Religion. Es gab auch Zeit, die Kochkunst der beiden zu genießen. Die Ribs auf dem Grill von Thomas waren unübertroffen lecker und nach vielen, vielen Fragen wurden auch Stephanie und Thomas Mitglieder der Bahá'í-Gemeinde in San Diego.

Wir vereinbarten, zusammen eine Pilgerreise zu machen.

Die Doppelnatur des Menschen

Es war Castadarrow, der andere Menschen auf edle Gedanken brachte, auch mich. Er wies mich auf die Doppelnatur des Menschen hin.

»Im Menschen sind zwei Naturen: seine geistige oder höhere und seine materielle oder niedere Natur. In der einen nähert er sich Gott an, wogegen er in der anderen nur in der materiellen Welt lebt. Von beiden Naturen finden sich in den Menschen Zeichen. In seiner materiellen Art bringt er Lüge, Grausamkeit und Ungerechtigkeit zum Ausdruck, die alle seiner niederen Natur entspringen. Die Eigenschaften seiner göttlichen Natur erscheinen als Liebe, Erbarmen, Güte, Wahrheit und Gerechtigkeit und diese sind Ausdruck seines höheren Wesens. Alle guten Eigenschaften, jeder edle Zug gehört der geistigen Natur des Menschen an, wogegen alle seine Unzulänglichkeiten und bösen Taten aus seiner materiellen Wesensart heraus geboren werden.«[14]

Um uns daran täglich zu erinnern, hatten wir in unserer Wohnung entsprechende Tierbilder aufgehängt. Die waren hilfreich, um unseren Lebensaufgaben gerecht zu werden, die schwierigen Phasen zu ertragen und geistige Eigenschaften zu entwickeln. Es war uns klar, und man konnte es auch immer wieder überall beobachten, dass der Mensch sogar noch unter die Stufe des Tieres herabsinken konnte, wenn er seinem niederen Selbst folgt. Doch was ist mit der niederen Natur, der materiellen Wesensart beziehungsweise dem tierischen Selbst gemeint?

Tiere reagieren entsprechend ihrem Bauplan sehr sinnvoll, sie wissen sich zu ernähren, und die Fortpflanzung funktioniert automatisch in freier Wildbahn. Viele Tiere leben in einem Rudel, und es ist erstaunlich, wenn nicht sogar beispielhaft, wie ein Rudel sich organisiert. Tiere kennen es nicht, zu übertreiben.

In der modernen Welt passen sich viele Tiere der Zivilisation an, so wie mein Pferd allein ohne Reiter an der Bundesstraße anhielt, nach rechts und links schaute, um erst danach die Straße zu überqueren. Oder Rocky, der mich vor der anrollenden Straßenbahn zurückzog. Also, was sind die tierischen Eigenschaften im Menschen?

Offensichtlich sind damit jene Eigenschaften gemeint, die der Mensch mit dem Tier gemeinsam hat, aber übertrieben auslebt. In dieser Übersteigerung rutscht der Mensch auf eine niedrigere Stufe als das Tier. Wenn der Mensch seine materielle Seite auslebt und übertreibt, kommt es zu Aggression, Unwahrheit, Grausamkeit, Hass, Gier und noch vielem mehr.[15]

Ein Tier kann nicht denken wie ein Mensch. Ein Hund kann auch nicht lachen, nur ein Stoffhund kann die Zunge zeigen. Denken im Sinne von Reflektieren und Erkennen kann der Hund nicht. Das Tier kann nur seinem Hungerinstinkt folgen, auch das domestizierte Haustier: »Wo ist mein Futter?« Oder sein Bewegungsbedarf ausdrücken: »Gehen wir jetzt Gassi?«, eben entsprechend seinen Trieben, die ihm zu eigen sind. Es befasst sich nicht mit Gedanken wie »Wie gelange ich zu Erkenntnis Gottes«.

Good bye, California

So manches Mal unterhielt ich mit meiner Freundin Silvia. Ich kannte sie gut aus meiner Zeit in Freiburg. Sie betreute dort ihre kranke Mutter. Nach ihrem Tod ging Silvia zurück zu ihrer Familie in die kanadischen Rockys. Silvia fragte mich: »Welche Schwierigkeiten hast du im Moment? Möchtest du darüber reden?«

»Ja gerne, Silvia. Hier in San Diego reden die Frauen immer davon, dass ich mich doch jetzt scheiden lassen könnte. Das wundert mich. Ich kann mir das nur so erklären, weil es viele ausländische Frauen und Männer so machen: Sie heiraten einen Amerikaner oder eine Amerikanerin, bekommen eine ›Green Card‹ oder die Berechtigung, sich in den USA aufzuhalten, und dann folgt die Scheidung.«

»War dir nicht bewusst, dass manche Menschen alle Möglichkeiten nutzen, um nach Kanada, die USA oder Europa zu kommen?«

»Natürlich schon. Ich habe ja auch in der Vergangenheit versucht, mich vor Berechnung zu schützen. Aber eigentlich habe ich in meiner jetzigen Ehe mehr versucht, mich vor Faszination und Emotionen zu schützen.«

»Worauf beziehst du dich jetzt, Carla? Meinst du das Zitat von 'Abdu'l-Bahá, als er über die vier Arten der Liebe redete?«

»Ja, genau. Selbst die bekanntesten Prominenten, von denen man es nie geglaubt hätte, werden geschieden. Es ist wohl einfach so, dass die himmelhochjauchzenden Gefühle und Emotionen sich mit der Zeit ändern, und wenn man eine Ehe nur auf Emotionen baut, reicht es nicht auf Dauer. Ehe ist eine Lebensaufgabe. Du hast immer Aufgaben und musst Lösungen finden. Mal ist es einfacher, mal ist es schwerer. Da muss noch etwas anderes sein, etwas Gemeinsames wie etwa die

Arbeit an einem Projekt, aber vor allem unser Eheversprechen, sich an Gottes Gebote zu halten. Das ist eine sehr starke Klammer zum Zusammenbleiben.«[16]

»Erinnerst du dich an folgende Worte? ›Ergeben sich Meinungsverschiedenheiten, so beratet miteinander in der Stille, dass nicht andere ein Körnchen zum Berge machen. Bewahrt in euren Herzen keinerlei Kummer, sondern erklärt einander den Grund mit solcher Offenheit und solchem Verständnis, dass er verschwindet und keine Erinnerung mehr zurückbleibt‹«[17]

»Das kommt mir wirklich als der beste Rat vor, wie wir als Ehepartner miteinander reden sollen.«

Allmählich lebte ich mich in San Diego ein. Ich machte mir eigentlich keine Sorgen über die Zukunft. San Diego wurde zu einem Ort, an dem ich für immer hätte sein können. Freiburg, Tirana und der Schwarzwald waren nicht mehr in meinen Gedanken gegenwärtig, nur noch eine schöne Vergangenheit.

Und genau in dieser Situation erhielt ich im Oktober 2015 einen Brief vom damaligen Kultusminister Baden-Württembergs Andreas Stoch. Noch nie in meinem Leben hatte ich einen handschriftlich unterzeichneten Brief von einem Minister erhalten. Er bat mich, angesichts der großen Zahl der ankommenden Flüchtlinge bei deren Integration mitzuhelfen.

Wieder hatte Castadarrow eine brillante Idee: »Flieg doch erst mal allein nach Deutschland, und schau, ob du noch in der alten Heimat zurechtkommst.«

Gesagt, getan: Ich hatte neun Tage Urlaub angesammelt und einen aktuellen Reisepass. Ich flog von San Diego nach München.

Siggi holte mich ab, alles war wie immer, keine Veränderung. Wir schauten uns eine Wohnung an, die er mir vermitteln konnte. Das war eine wunderhübsche Penthouse-Wohnung in der Nähe meines Bruders, zwei Zimmer, einen Gemüseladen vor der Tür und hundert Schritte zu einem Thermalbad. Es gab eine direkte Zugverbindung nach Stuttgart und nach Österreich. Besser hätte man es nicht finden können und so mühelos.

Dann fuhr ich nach Basel zu Onkel und Tante, auch dort alles wie immer, ein goldener Herbst über dem Rheintal. Die beiden boten an, dass Castadarrow und ich nach Basel fliegen und wir erst einmal so lange, wie wir mochten, in ihrer Einliegerwohnung bleiben könnten. Das hörte sich so fantastisch an: gleich zwei Wohnungsangebote innerhalb von fünf Tagen.

Von Onkel und Tante aus rief ich die im Ministerbrief angegebene Telefonnummer in Stuttgart an. Ich wurde sofort verbunden und erhielt eine Antwort, weshalb ich meinen Einsatz als deutsche Senior-Expertin in den USA abbrechen sollte. Mir wurde erklärt, dass ich hoch spezialisiert sei im Bereich Curriculum-Entwicklung und nun Lernpläne erstellen sollte, damit die Flüchtlinge sich rasch und problemlos in Deutschland integrieren könnten. Als Standort könne man sich für mich Stuttgart vorstellen, aber auch Baden-Baden oder das Dreiländereck in Südbaden, einem wichtigen Sammelpunkt der neuen Mitbürger. Ich wurde mit weiteren Telefonnummern und Adressen versehen, um Kontakt aufzunehmen.

Es ergab für mich Sinn, in dieser ungewöhnlichen Situation wieder vor Ort in Deutschland zu sein und mitzuhelfen.

Auf dem Weg nach Frankfurt zum Flughafen nutzte ich die Gelegenheit und machte einige Abstecher. Ich sah das Haus meiner Kindheit in Schwetzingen wieder, auch das unverändert, übernachtete in einem Hotel in Wertheim, ging an das Grab meiner Eltern, dann zum Bahá'í-Haus der Andacht nach Hofheim-Langenhain in den Taunus. Schließlich flog ich zurück nach San Diego. Bei der Grenzkontrolle zeigte ich meinen Pass vor und hörte zum ersten Mal: »Willkommen in den USA!«

Zurück in San Diego ging alles schnell und doch nicht schnell genug. Wir organisierten einen »Garage Sale«, verkauften unsere Möbel und unser Auto, um mit nur zwei Koffern nach Deutschland zurückzukehren. Bis Chicago fuhren wir mit Amtrak, weil ich vom Zugfenster aus wenigsten einen optischen Eindruck von der unendlichen Weite und der Verschiedenheit des Landes bekommen wollte. In Chicago angekommen brachte mich Castadarrow nach Wilmette, um auch dort eine vielleicht letzte Gelegenheit zu haben, selbst zu sehen, wo die Geschichte der Bahá'í in den USA begann.

Dann flogen wir nach Basel. Und wie das Leben so spielt, Hellmuts Gäste in seiner Einliegerwohnung waren immer noch da und die Penthouse-Wohnung in der Nähe meines Bruders wurde uns auch nicht vermietet. Aber der umsichtige Onkel hatte für uns eine andere kleine Wohnung organisiert, wo wir fürs Erste wunderbar leben konnten, in Badenweiler, einem renommierten Kurort im Dreiländereck.

Die alte Heimat hat uns wieder

Dann kam es noch kurioser: Nach unserer Ankunft in Deutschland wurde mir von hochoffizieller Stelle in Stuttgart mitgeteilt, dass das Problem mit den ankommenden Flüchtlingen schon gut gelöst sei und ich nicht mehr gebraucht werde. Ich sei einfach nicht schnell genug zurückgekommen.

Castadarrow meckerte nicht, keine einzige Bemerkung von ihm über diese ganz anders als geplante neue Situation. Anstatt uns zu ärgern, lachten wir über die unerwartete Lage, das eine Leben aufgegeben zu haben – und machten uns in unserem fortgeschrittenen Alter daran, ein anderes anzufangen.

Erst einmal genossen wir unsere freie Zeit, es war das erste Mal, dass wir zusammen verreisen konnten. Wir besuchten meinen Bruder in Augsburg, schauten uns Prag an, fuhren nach Wien, Salzburg und nach Basel zu Onkel und Tante, besuchten Hauskonzerte bei Tobias und Feiern der Basler Bahá'í-Gemeinde.

Motiviert durch meine Wiener Freundin Sandra entstand in dieser Zeit das Arbeitsbuch »Wertvolle Eigenschaften«[18], das an Schulen in den Klassenstufen 3 und 4 eingesetzt werden kann und im Dreiländereck regen Absatz fand.

Dann machten wir uns deutschlandweit auf die Suche nach einer Bleibe. Wir fuhren nach Heidelberg, Wertheim, Berlin, an die Ostsee, nach Hamburg, schließlich an meinen Geburtsort und zurück durchs Rheintal. Und das Ergebnis war: Überall gefiel es uns, am meisten beeindruckte uns der Hof in der Wesermarsch, der zum Verkauf stand. Aber überall gab es einen kleinen Haken, sodass wir an all den schönen Orten keine Bleibe fanden. Also ging es zurück nach Badenweiler, wo es sich auch gut leben ließ.

Eines Tages zeigte mir Castadarrow die Anzeige eines Hauses im Hochsauerland. »Was meinst du dazu?«

»Hochsauerland? Da war ich noch nie. Wenn ich in den Norden bis Hannover oder Hamburg fuhr, bin ich daran vorbeigerast und machte dort nie einen Stopp. Aber ja, lass uns dorthin fahren! Jetzt ist nasskaltes trübes November-Wetter, da zeigt sich die Qualität eines Objektes. Bei Sonnenschein sieht alles schön aus!«

Und was soll ich sagen, wir sind ins Hochsauerland gezogen. Castadarrow fand ein Haus in einem kleinen Feriendorf. Aus jedem Zimmer haben wir einen unverbauten, weiten Blick, vergleichbar mit dem Panorama über ein Schwarzwaldtal. Und das beste sind die Nachbarn. Jeder kennt uns, jeder hilft uns. Man hatte uns gesagt, dass wir alle Einwohner als Familie betrachten sollen.

Hier konnte ich wieder meiner früheren Tätigkeit als Senior-Expertin nachgehen und zu Beratungseinsätzen reisen. So kam ich zweimal an die Universität Uralsk in Kasachstan. Beim zweiten Einsatz kam Castadarrow mit. In der kasachischen Stadt erinnerte mich vieles an meine Zeit in Tirana, als ob die Zeit stehen geblieben war. Mir fiel auf, dass alle Menschen in Uralsk Arbeit hatten und sehr aufmerksam gegenüber Gästen waren. Die grandiosen künstlerischen Leistungen und die Pflege der Musik an der Universität bewunderte ich sehr.

In den USA hatte ich immer wieder gehört, dass Länder wie Kasachstan bei Amerikanern sehr beliebt seien, weil dort das Sicherheitsgefühl so groß sei. Außerdem sei Englisch die dritte Sprache, die jedes Kind in der Schule lerne. Ich freute mich, noch einmal so viel Akzeptanz zu erleben, wie es mir in Albanien widerfahren war. So wurde es der Beginn einer fruchtbaren Zusammenarbeit.

Resumé mit Hatshiko

Als wir aus Kasachstan zurückkamen, wurde uns Hatshiko vorgestellt, ein Hund von sechs Monaten aus der Tierrettung. Unser neuer Freund Manfred, ein Hundefachmann, meinte, dass dieser Hund bei uns ein gutes Zuhause habe, viel Auslauf, und Hundeeltern, die sich mit ihm beschäftigen. Wir nahmen diesen Hund sofort an.

Hatshiko ist zum Glück ein ganz anderer Hund, als meine früheren Hunde es waren. Schon mehrmals in meinem Leben mochte ich eigentlich keinen mehr haben. Aber Hatshiko erinnert mich weder an Rocky noch an Barry. Er ist selbstständig wie seine Vorfahren, die Hütehunde waren. Er kann sogar Kühe wiederfinden, die ihre Weide verlassen haben, und sie zurückbringen. Die Kühe lieben den Hund und lecken ihn gern ab.

Hatshiko wurde in den letzten Jahren, vor allem durch die Pandemie, zu einem erwachsenen Hund. Der Hausarzt hatte uns geraten, zur Stärkung des Immunsystems jeden Tag zwei Stunden an die frische Luft zu gehen, bei Wind und Wetter, und wer begleitet mich mit Freuden? Hatshiko!

Er ist zwar sehr menschenfreundlich, aber offensichtlich kann er nicht über seine Bedürfnisse nachdenken. Er denkt eben nicht: »Esse ich jetzt oder in einer Stunde?« Er verzehrt einfach sein Futter, wenn es vor ihm steht. Ihm fehlt auch die Einsicht, dass er nicht auf Bäume klettern kann – und er versucht es doch jedes Mal wieder, wenn er ein Eichhörnchen sieht.

Die ruhigere Zeit im pandemiebedingten »Hausarrest« hat mich dazu gebracht, dies alles aufzuschreiben und darüber nachzudenken, was in meinem Leben bislang bedeutend geworden ist. Auf den nächsten Seiten habe ich die Ergebnisse meines Nachdenkens formuliert.

Die Bedeutung der Kommunikation

Mein Leben basiert auf Kommunikation. Ich suche das ernsthafte Gespräch mit Menschen – möglichst Gespräche, die zu Aktionen und Taten führen. Die hohe Bedeutung des Gesprächs fand ich in Goethes Märchen: »›Was ist herrlicher als Gold?‹, fragte der König. ›Das Licht‹, antwortete die Schlange. ›Was ist erquicklicher als Licht?‹, fragte jener. ›Das Gespräch‹, antwortete diese.«[19]

Das Gespräch! Ich habe versucht, mit der Erzählung über mein Leben zugleich wichtige Gespräche wiederzugeben. Auch ist es mir wichtig gewesen mitzuteilen, wie ich aus Fehlern gelernt habe. Dabei ist es bedeutungsvoll, nicht in der Vergangenheit zu leben, sondern für die Zukunft zu planen und vor allem, in der Gegenwart zu leben. So fühle ich mich durch Gespräche bereichert und glücklich, denn bis zum heutigen Tag erfahre ich, dass ich so von jedem Menschen etwas lernen kann.

Den Lebensweg finden

Ich bin nicht mehr wie in meiner Jugend der Ansicht, dass der »Mensch in seinem dunklen Drange«[20] sich des rechten Weges bewusst sei. Führung wird dem Menschen erst durch das Festhalten an der göttlichen Richtschnur zuteil.

Das »ewig Weibliche«, so wie Goethe sich ausdrückt, kann man als Synonym für inspirierenden weiblichen Einfluss verstehen. Auch wenn dieser Einfluss positiv sein kann, so ist es die »geistige und höhere Natur« jedes Menschen, die uns »hinanzieht«. Denn durch sein höheres Selbst nähert der Mensch sich Gott und erkennt, was der richtige Weg ist.

Emotionen und Gefühle haben

Gefühle und Emotionen wurden von Goethe sehr umfassend und aus vielen Perspektiven beschrieben. Emotionale Zustände endeten jedoch nicht nur in seinem Zeitalter, sondern bis heute häufig in Verirrungen und Verwirrungen. Siglind sagte dazu einmal am Telefon zu mir: »Ich lese wieder mit Hellmut den ›West-östlichen Divan‹, und ich kann dir nur zustimmen. Goethe sagt über Liebe alles und nix.«

Goethes Beschreibungen liebevoller Gefühle werden nur durch die Schriften der Bahá'í-Religion überhöht. Dort heißt es: »Liebe ist das notwendige Band, das aus der Wirklichkeit der Dinge durch die göttliche Schöpfung hervorgeht.

Liebe ist das Mittel zur höchsten Glückseligkeit, in der Welt des Stoffes, wie der Welt des Geistes!« Leider hat es zu Lebzeiten von Goethe das »Tablet der Liebe« aus der Feder Bahá'u'lláhs noch nicht gegeben, und es ist schon nahezu unfair, Goethe anzukreiden, dass er Liebe nicht als das Band zwischen dem Schöpfer und dem Geschöpf in der geistigen Welt, die Ursache der Entwicklung für jeden Menschen und das höchste Mittel zur Glückseligkeit beschrieben hat.

Für mich ist diese Suche nach der perfekten Beschreibung von Liebe hingegen zu einem Ende gekommen. Ich suche die Antwort nicht mehr in Goethes Werken. Dennoch bleibt Goethe für mich einer der bedeutendsten Repräsentanten deutschsprachiger Literatur.

Die Fähigkeit der Seele zu reflektieren

Ich lernte durch die Ermutigung und die Zeit, die Großvater und Onkel mit mir als Kind verbrachten, zu denken – nicht durch das Lernen der lateinischen Sprache, auch wenn es im Lateinischen prägnante Redewendungen gibt. Ebenso machte mich Opis Fürsorge zu einem zufriedenen und glücklichen Kind. Hellmut und ich haben erkannt, als das Manuskript zu diesem Buch entstand, dass wir einen wunderbaren Großvater beziehungsweise Vater hatten, wofür wir dem Schicksal unendlich dankbar sind.

Die Beschäftigung mit Philosophie gab mir das Handwerkszeug zum systematischen Denken, sie hat aber auch gezeigt, dass viele Philosophen über die Kunst der umfassenden Worterklärungen nicht hinauskommen.

Eigentlich kam ich zum vertieften Nachdenken erst wieder zurück, als Castadarrow mir verdeutlichte, dass »den Verstand zu gebrauchen« bedeutet, die »Wahrheit« zu suchen. Weil der Verstand eine Fähigkeit der Seele ist, gelangen wir zu einem besseren Kennenlernen mit unserem Innersten, In den Offenbarungsschriften können wir nachlesen, was Seele, Geist und Verstand bedeuten.

Gesellschafts- und Wirtschaftssysteme

Ich hatte die Möglichkeit, zwei völlig entgegengesetzte Wirtschafts- und Gesellschaftssysteme aus nächster Nähe zu erleben: die Planwirtschaft des Sozialismus und die amerikanische Marktwirtschaft. Das Ergebnis des Vergleichs ist vernichtend. Die jüngste Geschichte hat gezeigt, dass Sozial- und Wirtschaftssysteme, bei denen der Staat im Vordergrund steht, nicht genug anpassungsfähig an die Bedürfnisse der Menschen sind. Die Abschaffung des Eigentums, die Verstaatlichung der Produktionsmittel und die staatliche Steuerung des Wirtschaftsprozesses, die Festlegung von Preisen und Löhnen und das staatliche Außenhandelsmonopol haben Grenzen bei der Weiterentwicklung der Menschheit und der Achtung ihrer natürlichen Lebensgrundlagen gezeigt und laden zudem zu Machtmissbrauch ein.

Auch die jetzige auf Konkurrenz, Ausbeutung, Konsum, Nachfrage und Angebot basierende Marktwirtschaft ist nicht zukunftstauglich. Die Konkurrenz um begrenzte Ressourcen sowie Standortfaktoren und Billiglohnpolitik erzeugen unüberwindbaren Druck auf allen Seiten. Auch Korruption im kleinen und im großen Umfang ist überall zu finden.

Beide Systeme sind menschenverachtend.

In einer zukünftigen Welt, in der die Einheit der Menschheit realisiert werden wird, müssen noch gigantische sozialpolitische Veränderungen stattfinden, damit eine neue Wirtschaftsordnung entstehen kann, die auf Gerechtigkeit, Ausgleich von Armut und Reichtum, Ethik in der Wirtschaft, Integrität, Vertrauenswürdigkeit, Loyalität, Dienst am Nächsten, Gleichstellung der Geschlechter und Nachhaltigkeit basieren wird.[20]

Zufall, Entscheidung und Schicksal

Ich sehe in meinem Leben eine Verflechtung von Zufällen, schicksalhaften Fügungen und freien Willensentscheidungen. Diese Verflechtung fühlt sich tatsächlich so an, als würde ich von einer höheren Macht inspiriert und gelenkt, im richtigen Moment am richtigen Ort zu sein. Wie zum Beispiel, als ich als Kind im Traum das Haus Bahá'u'lláhs in Bahjí sah, aber diesen Traum lange Zeit nicht einordnen konnte.

Ich habe nirgendwo Wurzeln geschlagen. Siebzehn Mal habe ich eine neue Heimat gefunden, vielleicht werde ich noch ein achtzehntest Mal aus Altersgründen in ein Seniorenheim umziehen müssen und dann auf den Friedhof. War es Gehorsam, einen Ortswechsel vorzunehmen, wenn mir Aufgaben gegeben wurden? War es mein Wunsch, den Erwartungen gerecht zu werden? War es vielleicht eine Art Schicksal? Ich weiß es nicht.

Interessanterweise habe ich bis jetzt keine »wissenschaftliche« Erklärung gefunden, welchen Anteil am Leben der Menschen die freie Willensentscheidung ausmacht, und inwieweit schicksalhafte Fügung oder Zufall über das Wohlergehen entscheidet. Vielleicht werden wir Menschen das nie berechnen können. Es liegt an uns, den schicksalhaft-schwierigen Phasen etwas Positives abzugewinnen und für das zufällig Gute dankbar zu sein. In der Wahl meiner guten und schlechten Taten hingegen war ich immer frei. Ich war und bin dafür verantwortlich, wie gut und moralisch motiviert oder wie böse, verwerflich und gemein ich handelte.

Mit Bedauern zurückdenken

Gibt es Entscheidungen, die ich bedauere? Ja, ich bedaure zum Beispiel, dass ich nicht mehr Zeit mit Papa Hermann verbracht habe. Ich wäre durchaus dazu in der Lage gewesen. Ich bedaure, meinem Opi nie meine tief empfundene Dankbarkeit ausgedrückt zu haben, die ich jetzt empfinde für seine umsichtige Erziehung.

Ich bedaure auch, dass ich viel Geld ausgegeben habe für Dinge, die manche Menschen zur Steigerung des Selbstwertgefühls für notwendig halten. Ich wäre auch ohne rote Stöckelschuhe meinen Weg gegangen.

Ich bedaure, dass ich manchmal zu gutgläubig und nicht kritisch genug war, nicht genug selbst recherchierte, oder einfach meinen eitlen Wunschvorstellungen gefolgt bin.

Ich bedaure, dass ich nicht mehr Menschen zur Bahá'í-Religion gebracht habe.

Der Rest ist zwischen Gott und mir.

Jetzt kommt Hatshiko in mein Arbeitszimmer und macht mir klar, dass ich mit dem Schreiben aufhören muss. Es ist jetzt höchste Zeit, mit ihm spazieren zu gehen.

Schlusswort

Ich hörte einmal folgende Bemerkung: »Wenn du Gott zum Lachen bringen willst, dann erzähle Ihm deine Pläne!«

Na ja, erst einmal haben andere für mich geplant. Ich wurde regelrecht »verplant«. Als Kind und als Jugendliche hatte ich keine Ahnung, was es bedeutet, Pläne zu haben. Später, als ich erwachsen war, hat Gott wohl eher über meine Ernsthaftigkeit beim Pläneschmieden gegrinst. Ich war derart ernsthaft bei der Suche, dass ich mich sogar mit Planwirtschaft beschäftigte.

In meiner zweiten Lebenshälfte konnte ich oft über Pläne und ihre Umsetzung lachen.

Jetzt, im Winter meines Lebens, fühlt es sich so an: Erst habe ich nie gelernt, selbstständig zu planen, dann habe ich zu viel geplant, zu viel gewollt – und fast immer ist es anders gekommen.

Also hat Gott allen Grund, über mich zu lachen!

Mein Bruder Siegwart meint, ich hätte immer Glück gehabt. Ich möchte dem gern hinzufügen: Mein Glück bestand aus Nachdenken, eine Richtung verfolgen, Handeln und der Erkenntnis, dass ich als Geschöpf die Rechtleitung des Schöpfers erfahren durfte. Diese Führung war mir am ehesten verständlich durch selbstständige Suche nach der Wahrheit und durch die Beschäftigung mit zeitgemäßen Heiligen Schriften. So war es mir möglich, die von Gott gegebenen Gebote zu befolgen und umzusetzen.

Bahá'u'lláh lehrt uns: »Die göttlichen Offenbarungen haben den Zweck, alle Menschen zu erziehen, damit sie zur Todesstunde in größter Reinheit und Heiligkeit, in völliger Loslösung zum Throne des Höchsten aufsteigen.«[21]

Jetzt meldet sich Tobias noch einmal.

»Carla, ich habe alles gelesen und eine allerletzte Frage: Warum verwendest du nie das Wort ›meditieren‹, wenn es doch um ›tiefes, genaues, bewusstes oder gründliches Nachdenken‹ geht?

»Tobias, im Englischen oder im Lateinischen ist es sehr klar, was ›to meditate‹ und ›meditari‹ bedeuten, eben tiefes Nachdenken. In Deutschland habe ich erlebt, dass das Wort ›meditieren‹ oft in anderen Zusammenhängen benutzt wird. Da ich eindeutig bleiben wollte, verwendete ich das Wort ›denken‹.

»Alles klar, Carla. Hat mir gut getan, alles zu lesen. Ich mach' mich jetzt auf meine eigene Suche.«

Dank an alle Mitwirkenden

Liebe Leserinnen und Leser,

nachdem Sie dieses Buch nun zu Ende gelesen und mitgelitten, sich amüsiert und eigene Gedanken gemacht haben, möchte ich unbedingt betonen, dass neben mir auch andere Personen maßgeblich an der Entstehung dieses Buches beteiligt waren:

Der Verleger Peter Amsler ermutigte mich dazu, diese Erzählung über mein Leben zu schreiben. Mit großem Engagement verfolgte Peter die Entwicklung des Buches. Ohne seinen Glauben an mich wäre dieses Buch nie entstanden. Der Austausch im Geist der Beratung der Bahá'í war eine bereichernde Erfahrung.

Mein Onkel Hellmut und mein Cousin Tobias waren die besten Mitgestalter, die ich mir hätte wünschen können.

Meine Schulfreundin Ulla las das Manuskript als Erste und brachte mit ihren Anregungen das Lebensgefühl der Nachkriegszeit treffend auf den Punkt.

Die Autorin Susan Vreeland aus San Diego ermutigte mich stets, intensiv zu recherchieren, und betonte: »Recherchiere, Carla, das ist das Wichtigste.«

Zu guter Letzt investierte mein Ehemann Castadarrow viel Geduld und Zeit, um die Entstehung dieses Buches neun Monate lang zu begleiten. Man könnte sagen, dieses Buch ist unser gemeinsames Baby.

An all diese lieben Menschen möchte ich meinen Dank aussprechen.

Carla Thompkins

Quellenangaben

[1] Die Pfaudler GmbH in Schwetzingen wurde als »The Pfaudler Co.« in den USA gegründet und nach dem deutschen Braumeister Caspar Pfaudler benannt. Sie produziert emaillierte Komponenten und Produkte für die chemische und pharmazeutische Industrie. Vgl. dazu https://www.pfaudler.com/ [abgerufen am 12.01.2022]

[2] Jaspers, Karl, Die maßgebenden Menschen: Sokrates, Buddha, Konfuzius, Jesus, München, 1963

[3] Heidegger, Martin, Sein und Zeit, Tübingen 1927

[4] Weier, Winfried, Sinn und Teilhabe, Salzburg, München, 1970

[5] Bahá'u'lláh, Ährenlese, 159:4

[6] Faizi, Gloria, Fire on the Mountain Top, London, 1973

[7] Constitution People's Socialist Republic of Albania, approved by the People's Assembly on December 28, 1976.: Article 37: »The state recognizes no religion whatever and supports atheist propaganda for the purpose of inculcating the scientific materialist world outlook in people.« Article 55: »The creation of any type of organization of a fascist, anti-democratic, religious, and anti-socialist character is prohibited. Fascist, anti-democratic, religious, war-mongering, and anti-socialist activities and propaganda, as well as the incitement of national and racial hatred are prohibited.«

[8] Siehe dazu: Zëri i Populit, 6.2.1969, Enver Hoxha, Speeches and Writings, 1967 - 1968, Seite 206, http://ciml.250x.com/archive/hoxha.html [abgerufen am 12.01.2022] vgl. dazu auch Idrizi, Idrit, Das Konzept des Neuen Menschen im kommunistischen Albanien (1961-1971) Wien, April 2010

[9] Hoxha, Enver, Reflections on the Middle East, 1958-1983, Extracts from the Political Diary, Tirana 1984

[10] Bahá'í-Gebete, Hofheim-Langenhain 1984

[11] von Goethe, Johann Wolfgang, Faust, 2. Teil

[12] Südkurier vom 19.01.2012, Seite 23, Deutsch sein ist hier cool/ Königsfelderin berichtet vom Leben in den USA [abgerufen am 12.01.2022]

[13] 'Abdu'l-Bahá, Ansprachen in Paris, Seite 18ff.

[14] 'Abdu'l-Bahá, Beantwortete Fragen, Seite 21ff.

[15] 'Abdu'l-Bahá, Promulgation of Universal Peace, Talks in Wilmette, 30.04-5.05.1912

[16] 'Abdu'l-Bahá, Promulgation of Universal Peace, Talks in Montreal, 1.-5.09.1912 und Bahá'í-Gebete, Ansprache 'Abdu'l-Bahás zu einer Hochzeit, Seite 293

[17] Thompkins, Carla, Wertvolle Eigenschaften, Badenweiler 2017

[18] von Goethe, Johann Wolfgang, Das Märchen von der Schlange und der schönen Lilie

[19] von Goethe, Johann Wolfgang, Faust, Prolog im Himmel

[20] Thompkins, Carla and Castadarrow, Corporate Social Responsibility, Uraslk 2018

[21] Bahá'u'lláh, Ährenlese 81:2

Über die Autorin

Carla Thompkins, geboren auf einem Bauernhof in Ostfriesland, ist eine Wissensvermittlerin, Lehrerin und Beraterin. Ursprünglich aus Baden in der Nähe von Heidelberg stammend, hat sie in Würzburg Erziehungswissenschaften und Kunstgeschichte studiert. Sie hat sich intensiv mit Atheismus und Weltreligionen auseinandergesetzt und viele Jahre lang als Lehrerin, Lehrbeauftragte und Beraterin mit Kindern, Jugendlichen und Erwachsenen gearbeitet. Über einen Zeitraum von zehn Jahren war sie als Regierungsberaterin in Südost-Europa tätig und unterstützte danach Unternehmen im Bereich Öffentlichkeitsarbeit. Des Weiteren leitete sie Kommunikationstrainings für Führungskräfte im Süden Kaliforniens. Nach ihrer Rückkehr nach Deutschland konzentrierte sie sich auf Werteerziehung und Unternehmensethik. Zudem absolviert sie regelmäßig kurzzeitige Auslandseinsätze an Universitäten als Expertin für Kommunikation und Unternehmensethik.

Mehr von Carla Thompkins

Carla Thompkins
Ein Hund meditiert.
Erlebnisse eines Reisehundes über
Abschiede und Aufbrüche
76 Seiten, 21 x 15 cm, Hardcover
Der Erzählverlag 2021
ISBN 978-3-947831-35-7
16,90 €

Die Mischlingshündin Rocki ist ein Reisehund. Sie begleitet und beschützt Karli und ihre Familie auf Schritt und Tritt - in Deutschland, Frankreich und Italien. In Albanien, dem Land der Adlersöhne, reift Rocki zu einer stattlichen Hündin heran. Nach Jahren zurück in Deutschland steht sie im Herbst ihres langen, ereignisreichen Hundelebens. Zwischen Aufbrüchen und Abschieden begleitet Rocki immer wieder die Erziehungsaktivitäten der Gemeinschaft der Bahá'í. Sie sind auf das friedliche Zusammenleben aller Menschen gerichtet. Rocki erfährt durch den Rhythmus von Andacht und Dienst Halt und Ausgeglichenheit. Karli behauptet jedoch, sie habe durch Rocki so viel mehr gelernt. Doch was kann ein Mensch von einem Hund lernen?

Carla Thompkins
Frieden und Krieg im Leben von Nikki Fisler
164 Seiten, 21,5 x 13,5 cm, Softcover
BoD - Books on Demand 2022
ISBN 978-3-756807-98-7
11,99 €

Nikki Fisler erlebt als Kind den wachsenden Wohlstand in Deutschland. Ihre Jugend ist aber auch durch das Leid ihrer Eltern während des Zweiten Weltkrieges geprägt. Doch Nikki ist fantasievoll und stellt sich vor, Könige und Kaiser vergangener Zeiten zu befragen. Ihr Thema ist die Vermeidung von Kriegen. Als junge Frau hat sie einen höchst ungewöhnlichen Einstieg in die Welt des Motorjournalismus. Ihre Erlebnisse berühren aktuelle Probleme unserer Zeit, in der Medien und Journalismus zum Fake- und Gesinnungsjournalismus verkommen sind. Mit einem Journalisten als Partner erlebt sie das Abgleiten in eine traditionelle Ehe, in der sie nichts zu sagen hat. Sie trennt sich von ihrem Ehemann. Nikki wird auch mit dem Thema Rassismus konfrontiert, sie selbst ist nicht davor gefeit. Bei ihren umfassenden Recherchen offenbart sich Rassismus als allgegenwärtiges Problem mit gravierenden Folgen für das menschliche Zusammenleben bin hin zum Entstehen von Kriegen. In ihrem letzten Lebensjahrzehnt beschäftigt sich Nikki mit der Suche nach dem Sinn des Lebens. Ein Interviewpartner in den USA bringt sie durch seine Fragen nach dem Lebenssinn buchstäblich ins Schleudern. Es stellt sich später heraus, dass dieser Interviewpartner niemand anderes ist als Castadarrow Thompkins, der Ehemann der Autorin. Nikki erkrankt und stirbt in dem Glauben, dass ihre Seele nach der Trennung von ihrem Körper weiter lebt.!

Alle meine Bücher unterstützen Projekte für die Förderung der Gleichberechtigung der Frauen.

www.erzaehlverlag.de